KB063394

로크미디어가
유혹하는
재미있는 세상

천외천의 주인 16

2021년 10월 8일 초판 1쇄 인쇄
2021년 10월 14일 초판 1쇄 발행

지은이 한수오
발행인 김정수 강준규

기획 이기헌 왕소현 박경무 강민구
책임편집 오영란
마케팅지원 배진경 임혜솔 송지유 이영선

발행처 (주)로크미디어
출판등록 2003년 3월 24일
주소 서울시 마포구 성암로 330 DMC첨단산업센터 318호
Tel (02)3273-5135 편집 070-7863-8596 Fax (02)3273-5134
홈페이지 rokmedia.com E-mail rokmedia@empas.com

© 한수오, 2020

값 8,000원

ISBN 979-11-354-9403-1 (16권)
ISBN 979-11-354-8621-0 04810 (세트)

한수오 신무협 장편소설

16

천외천의 주인

| 일신우일신 日新又日新 |

차례

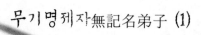

무기명제자 無記名弟子 (1)

모든 사람 다 그렇겠지만, 그게 무엇이든 아무런 반응이 없는 사물을 지켜보는 것은 참으로 지루한 일이다.

천사교의 백팔사도 서열 사십사 위인 벽인금마를 따라서 풍잔의 후문을 넘은 두 명의 초혼 사자 중 하나인 노호광(盧豪光)도 다르지 않았다.

후문 안쪽에 있는 전각들은 뒤따르는 호교 사자들에게 넘기고 이동한 까닭에 지금 그는 비교적 깊숙한 풍잔의 영내로 들어서 있었다.

그런데 사람의 기척이 없었다.

주변에 깔린 건물의 구조나 형태가 최근에 지어진 듯 깔끔하고 반듯해서 혹시나 사람이 살지 않는 것은 아닌지 의심마

저 들었다.

그래서였다.

노호광은 분명 사람의 기척이 느껴지지 않음에도 불구하고 지근거리에 있는 전각의 내부로 들어섰다.

혹시나 하고 직접 자신의 눈으로 확인하려는 생각이었다.

그때!

철컥-!

노호광의 뒤에서 문이 닫히는 소리가 들렸다.

노호광이 전각의 대청으로 들어서면서 열어 놓은 문이 저절로 닫힌 것이다.

노호광은 본능적인 반응에 따라 고꾸라지듯 앞으로 굴러서 서너 장이나 이동한 다음에 발작적으로 일어나며 돌아섰다.

번개처럼 빠른 동작이었다.

느껴지지는 않으나 분명 누군가 뒤에 있다는 가정 아래 기습 공격에 대비해 물러나서 태세를 갖춘 것이었다.

그러나 직감에 따른 노호광은 판단은 절반만 맞았다.

노호광의 뒤쪽에 누군가 나타난 것은 사실이나, 그는 그저 조용히 대청의 문을 닫았을 뿐이었다.

그 바람에 노호광의 꼴만 우스워졌다.

제풀에 놀라서 바닥을 데굴데굴 구른 꼴이 되어 버린 것이다.

노호광이 그와 같은 자신의 실태를 깨달으며 오만상을 찌푸리는데, 상대, 중년의 나이로 보이는 흑의사내가 별 희한한 놈을 다 보겠다는 듯 실소하며 말을 건넸다.

"뭐 하냐 너?"

노호광은 수치심에 얼굴을 붉히면서도 곧바로 반응해서 득달같이 흑의사내에게 달려들며 수중의 칼을 휘둘렀다.

그러나 헛손질이었다.

사삭—!

칼날이 공기를 사르는 소음이 미처 사라지기도 전에 흑의사내가 본래의 자리에서 일 장가량 떨어진 우측에서 나타났다. 그리고 비틀린 미소를 지으며 말했다.

"방금 그 수법은 아무래도 과거 서장을 군림하던 뇌음사(雷音寺)의 비기인 뇌전투살도(雷電透殺刀)같은데, 맞지?"

노호광은 내심 놀라서 절로 안색이 변했다.

작금의 강호 무림에서 그의 도법을, 정확히는 천사교의 초혼 사자들이 익히는 도법을 첫눈에 알아보는 자가 있으리라고는 한 번도 생각해 보지 않았다.

하물며 자신을 비롯한 초혼 사자들이 익힌 뇌전투살도의 정식 명칭이 광인뇌전투살마도(狂人雷電透殺魔刀)이며, 과거 서장을 군림하던 뇌음사의 비기라는 사실은 그도 안 지 불과 얼마 되지 않았던 것이다.

"누구냐, 너는?"

"살다 보니 별 어처구니없게 예의 없는 놈도 다 만나나네.

세상천지를 다 뒤져 봐도 너처럼 야밤에 남의 집 담을 넘은 날 강도가 감히 주인에게 누구냐고 묻는 경우는 없을 거다."

"말장난은 지옥에 가서나 하거라!"

노호광은 말보다 빨리 움직여서 흑의사내를 공격했다.

그러나 그간 실패를 모르던 그의 칼질은 이번에도 허공을 가르는 헛손질로 그쳤다.

흑의사내가 마치 손을 뻗으면 그때 일어나는 바람에 의해서 손이 닿기 전에 날아가는 깃털처럼 노호광이 휘두른 칼끝이 닿기 직전에 스르르 뒤로 미끄러졌기 때문이다.

"오, 이제 보니 그 보법도 뇌음사의 비기인 유령전풍(幽靈電風)이구나. 하면, 네놈은 뇌음사의 살승이라는 소리렷다?"

"죽어!"

노호광은 더 이상 아무 여유도 없이 살기를 드높이며 흑의 사내에게 쇄도해 갔다.

본능적으로 이미 그는 상대 흑의사내가 자신보다 윗길에 오른 고수라는 사실을 인지한 후라 사력을 다해서 칼을 휘두르고 있었다.

그러나 흑의사내는 기본적으로 그보다 강했고, 앞서와 마찬가지로 이미 그의 공격을 다 예측하고 있었다.

그리고 이번에는 회피가 아니라 반격이었다.

취릭ㅡ!

흑의사내는 한순간 번개처럼 노호광이 뻗어 내는 칼끝 아래로 낮게 달려 나갔다.

찰나였다.

명멸한 백색의 섬광이 노호광의 겨드랑이 아래를 스치고 지나갔다.

노호광을 등지며 앞으로 뻗어진 흑의사내의 손에는 두 자가량의 짧은 박도가 들려 있었고, 흑의사내를 등지며 앞으로 뻗어진 노호광의 손에는 석 자가량의 협봉도가 들려 있었다.

그들, 두 사람의 모습이 그림처럼 정지한 가운데, 찰나의 시간이 영원처럼 길게 흘렀다.

다음 순간, 노호광이 일그러진 눈가에 사나운 경련을 일으키며 말했다.

"이름이나 알자. 씨X!"

흑의사내는 무덤덤하게 수중의 칼을 허공에 내리쳐 피를 흩뿌리고, 등에 매고 있던 도갑에 갈무리하며 대답했다.

"저승사자가 묻거든 무당의 그늘에서 살던 귀매 사사무가 보냈다고 해라. 그럼 알아서 친절하게 지옥불로 잘 안내해 줄 거다."

"무당……?"

일순 노호광의 얼굴이 한층 더 의혹이 쌓인 표정으로 바뀌었으나, 더 이상의 기회는 주어지지 않았다.

철컹-!

노호광은 이내 칼을 떨어뜨리며 썩은 짚단처럼 바닥에 고꾸라졌다.

머리가 바닥에 처박히기 전에 그의 정신은 벌써 이승의 끈을 놓은 상태였다.

사사무는 바닥에 쓰러진 노호광의 주검을 일별하며 슬쩍 시선을 돌려서 자신의 우측 어깨를 내려다보았다.

어깨의 옷깃이 길게 갈라져서 속살을 비추고 있었다.

약간만 깊었다면 여지없이 어깨가 베여 팔이 떨어져 나갔을 일격이었다.

실력의 고하를 떠나서 방금 전의 격돌은 실로 간발의 차이가 노호광과 그의 생사를 갈랐던 것이다.

하지만 강호의 생사결은 어차피 늘 그렇게 간발의 차이로 갈리는 법이다.

'대체 이런 놈들이 갑자기 어디서 나타난 거지?'

사사무는 애써 의혹을 접고 소리 없이 대청을 나섰다.

구름이 달을 가리는 바람에 부분적으로 그늘진 풍잔의 영내이곳저곳에서 그의 신경을 매우 자극하는 살기가 느껴졌다.

우선 그는 지근거리에서 느껴지는 살기를 쫓아 기민하고 은밀하게 움직였다.

사실 노호광을 상대할 때는 그가 적잖게 멋을 부렸다고 할수 있었다.

그의 능력은 정면에서 마주치는 싸움이 아니라 그늘에 숨어서 발휘할 때 몇 배나 더 뛰어났다.

마침 전각의 그늘을 타고 이동하는 검은 인영 하나가 그의 눈에 들어왔다.

　녀석의 너머에서 희끗거리는 서너 개의 인영도 눈에 들어왔으나, 우선은 가까운 놈이 먼저였다.

　사사무는 순간적으로 칼을 뽑아 전각과 전각 사이, 이쪽 벽에서 저쪽 벽으로 이동하기 직전인 검은 인영의 목을 쳤다.

　예상대로 비명은 없었다.

　움직이기 직전에 목이 베어지고 머리가 떨어진 놈은 보다 더 빨리 앞으로 처박혔을 뿐이었다.

　'이제 둘인데, 어째 얘는 좀 약하네?'

　사사무는 습관적으로 숫자를 세는 와중에 고개를 갸웃하며 전각의 벽을 타고 이동하다가 일순 높이 도약해서 떨어져 내렸다.

　검은 인영 하나가 이제 막 그가 떨어져 내리기 직전인 공간으로 들어섰다.

　물론 사사무는 그 움직임을 계산한 것이었다.

　서걱―!

　섬뜩한 소음이 울렸다.

　본능적으로 무언가를 느낀 듯 고개를 쳐들던 검은 인영의 머리 중앙, 정수리가 수직으로 갈라졌다.

　'아무튼, 이제 셋!'

　사사무는 핏물이 솟구치기 직전인 그 순간에 다시 측면으로 날아가 수중의 박도를 휘둘렀다.

칵–!

뼈가 잘려 나가는 소음과 함께 또 하나의 검은 인영 하나가 즉사했다.

동료의 머리를 칼로 내려치는 사사무의 모습을 보고 무언가 신호를 보내려는 듯 재빨리 한손을 입에 가져가고 있던 자였다.

덕분에 머리와 같이 잘려 나간 손 하나가 동시에 공중으로 떠오르는 살 떨리는 광경이 연출되었다.

'이제 넷!'

사사무는 그에 아랑곳하지 않고 숫자를 헤아리며 지근거리에 있는 전각의 처마가 만들어 놓은 그늘로 스며들었다.

이번의 칼질은 서두른 까닭에 어쩔 수 없이 조금 거칠었다.

그래서 약간의 소리가 났고, 그 소리에 반응한 누군가가 자신이 있는 위치로 쏘아져 오는 것을 느낀 그는 본능처럼 그늘 속을 파고들어 은신술을 펼쳤다.

과연 그의 감각대로 검은 인영 하나가 바람처럼 다가와서 예리한 눈빛으로 주변을 두리번거렸다.

사사무가 고도의 은신술을 펼쳐서 숨은 전각의 그늘 바로 옆이었다.

사사무는 귀식대법과도 같이 숨을 죽인 채, 상대가 사십 대 혹은 오십 대로 보이는 중년 사내임을 확인하고 박도를 잡은 손아귀에 힘을 주었다.

지금 중년 사내는 그에게서 등을 돌리고 있었다.

절호의 기회였다.

이대로 기습을 가하면 상대 중년 사내는 자신이 왜 죽는지도 모르게 죽을 터였다.

'……?'

그러나 사사무는 그런 생각으로 살기를 드높이다가 이내 생각을 바꾸며 행동을 멈추었다.

왠지 모를 불길한 예감이 그의 등골을 짜릿하게 만들었다.

대체 왜 그런지 모르겠지만, 본능에 앞서는 직감이 아무래도 이건 아니라는 기분을 자아냈다.

'왜지?'

의혹과 동시에 답이 떠올랐다.

지금 사사무의 눈앞에 있는 중년 사내는 방금 전에 그가 해치운 자들과 달랐다.

모든 면에서 월등한 기도를 갈무리하고 있었다.

그렇다고 가장 처음 해치운 자와 같은 기도를 풍기는 것도 아니었다.

비슷한 것 같으면서도 전혀 다른 느낌을 주는 기도였다.

무엇보다도 가장 먼저 해치운 자보다 더 강하다는 느낌이 들었다.

'그놈보다 강하다면……?'

자신과 같거나, 자신보다 강할 것이다.

상대의 능력을 헤아리며 다음 수를 가늠해 보던 사사무는 순간적으로 전각의 그늘을 벗어나서 우측으로 뛰었다.

사위를 두리번거리던 중년 사내가 아무런 사전 동작도 없이 수중의 칼끝을 돌려서 그가 은신해 있던 전각의 그늘을, 바로 그를 베었기 때문이다.

취릭-!

중년 사내가 뻗어 낸 칼끝이 간발의 차이를 두고 사사무의 옆구리를 훑었다.

사사무는 수치심에 얼굴을 붉혔다.

제아무리 방심하고 있었다고는 하나, 정말 꼴이 말이 아니었다.

간발의 차이로 내장이 쏟아지는 죽음을 면한 셈이었다.

중년 사내, 기실 앞서 사사무의 손에 죽은 노호광과 같은 초혼 사자지만 실력은 그보다 월등히 뛰어난 매요필(賣曜珌)이 그런 그를 보며 히죽 웃었다.

"생각보다 더 날랜 쥐새끼였네?"

사사무는 히죽거리며 따라 웃다 빠르게 중년 사내에게 달려들어 거칠고 사납게 칼을 휘둘렀다.

이에 매요필은 수중의 칼로 얼마든지 막을 수 있음에도 불구하고 슬쩍 뒤로 물러나서 그의 공격을 피해 냈다.

소리를 내지 않으려고 일부러 피하는 것이었다.

아나나 다를까, 뒤로 물러난 매요필이 새삼 히죽 웃으며 말했다.

"미안. 목소리라면 모를까 쇳소리까지 차단할 수 있는 능력이 없어서 말이야."

사사무는 거듭 따라 웃었다.

대신에 이번에는 공격에 나서는 대신 코웃음을 쳤다.

"멍청하긴……!"

매요필이 대체 뭐라는 건지 모르겠다는 듯 미간을 찌푸리며 실소했다.

그때 백색의 칼 그림자 하나가 그의 뒤에서 나타났고, 높이 쳐들렸다가 사선을 그리며 빠르게 떨어졌다.

매요필의 목이 중동에 걸리는 사선이었는데, 정작 그는 그 모습을 볼 수 없었다.

"……?"

매요필이 의문의 찬 눈빛을 드러내며 옆으로 기울어졌다.

비스듬히 잘린 머리가 먼저, 칼을 놓친 몸은 그다음이었다.

비명을 지를 사이도 없이 빠르고 허망한 죽음이었다.

뒤늦게 뿜어진 핏물이 그런 매요필의 몸과 바닥을 붉게 적시는 가운데, 그 뒤쪽에서 야행복을 차림의 사내 하나가 모습을 드러냈다.

졸린 듯, 술에 취한 듯 게슴츠레한 두 눈이 이채로운 사내, 분명 이십 대의 사내로 보이지만 실제는 백수를 넘은 살수계의 전설, 잔월이었다. 그 잔월이 심드렁하게 물었다.

"뭐 해?"

사사무도 시큰둥하게 대꾸했다.

"뭐 하긴요, 보셨다시피 저 녀석을 죽이기 쉽게 도왔잖아요."

잔월이 혼잣말처럼 중얼거렸다.

"난 또 버거워서 절절 매고 있는 줄 알았지."

사사무가 애써 유지한 평정심이 무너져서 홍시처럼 붉어진 얼굴로 발끈했다.

"절절 매긴 누가 절절 맸다고 그래요!"

잔월이 대답 대신 길게 베어진 사사무의 옆구리 옷깃을 물끄러미 쳐다봤다.

사사무의 낯빛이 홍시에서 썩은 대추로 변했다.

"아니, 이건 그게 아니라······!"

잔월이 무언가 대꾸를 하려다가 그만두고는 슬쩍 고개를 돌렸다.

어둠 속에서 구부정한 몸으로 어기적어기적 그들을 향해 걸어오는 사내가 하나 있었다.

한 손에 푸줏간에서 쓰는 식칼을 든 제연청이었다.

"아직 불청객이 남은 것 같은데, 여기서 뭐 하고 계세요?"

"아니, 글쎄 이 노선배가 나보고······!"

사사무가 부지불식간에 악을 쓰다가 이내 그만두며 한숨을 내쉬었다.

멀거니 바라보는 제연청의 시선을 마주하자, 아무리 생각해도 긁어 부스럼이요, 누워서 침 뱉기라는 생각이 들었던 것이다.

"아니다. 이제 가야지. 가는 날이 장날이라더니, 하루 경계를 뺐다는 걸 어찌 알고 하필이면 오늘 파리가 꼬이네. 자, 자, 어서 가 보자고."

그때 남쪽에서 즉, 풍잔의 대문 방향에서 누군가 내지른 고함이 밤하늘을 가로질렀다.

"야, 너! 이 개잡종아! 당장에 거기서 내려오지 못해!"

사사무가 말했다.

"저거 지살의 목소리지?"

제연청이 대답했다.

"그런 것 같네요."

잔월이 중얼거렸다.

"어떤 놈이 신발도 안 벗고 마루로 올라갔나보군."

사사무와 제연청이 뭘까 하다가 과연 그런 것 같다는 얼굴로 시선을 마주하며 고개를 끄덕였다.

잔월이 그런 그들을 향해 손가락을 까딱이며 돌아섰다.

"뭐 해? 이쪽도 아직 몇 놈 남았으니, 마저 처리해야지."

상황은 잔월의 예상과 한 치도 어긋나지 않았다.

풍잔의 정문을 넘어서 들어온 침입자 중 하나, 밤이라 검게 보이지만 사실은 황색인 장포를 포대처럼 걸친 사내 하나가

등불이 밝혀진 전각의 마루로 올라섰다.

아무런 기척은 없었지만, 등불을 밝혀 놓았으니 혹시나 하고 내부를 확인하려는 것 같았다.

그리고 금혼살을 도와서 정원을 어지럽히던 침입자 중 셋을 해치우고, 다음 먹이를 찾던 지살이 마침 그때 그곳에 도착해서 그 광경을 보았던 것이다.

사실 악을 쓰면 안 되는 상황이었으나, 지살은 그걸 생각할 겨를이 없었다.

풍잔의 영내에 펼쳐진 전각의 숫자는 삼십 개가 넘었다.

그것도 새로 증축하고 있는 십여 개의 전각과 기존 건물의 광이나 창고 따위를 제외하고도 그랬다.

그래서 하루에 한 번씩 그 많은 전각의 마루와 복도를 윤기 나게 닦으라는 설무백의 명령을 이행하려면 천살과 그가 머리를 맞대고 온갖 작전을 구사해 서둘러도 하루 종일이 걸렸다.

매일매일 녹초의 연속이었다.

오죽하면 풍잔에 와서 그저 그와 같은 청소만 했음에도 무공의 수위가 높아졌을 정도니, 그에 대해서는 두말할 나위가 없었다.

그나마 며칠 전부터 모용자무라는 덩치 하나를 붙여 주기에 조금 편해지나 했는데, 허무하게도 아니었다.

애가 덩치만 컸지 상대적으로 내공도 부족하고, 빠릿빠릿한 맛 하나 없이 어리바리한데다가, 기본적으로 그들과 금혼살을

천외천의
주인

동시에 도우라는 명령을 받은 까닭에 아직은 당최 있으나 마나 전혀 태가 나지 않았다.

이리저리 불려 다니다가 반나절도 안 돼서 나가떨어지기 일 쑤였던 것이다.

따라서 전각의 마루에 올라서는 황포사내를 보고 본능적으로 고함을 내지른 지살은 자신이 실수하고 있다는 생각을 전혀 하지 못했다.

금혼살을 도울 때는 몰랐는데, 막상 자신의 구역이 흙발로 더럽혀지는 것을 보자 이성을 잃고 눈이 돌아가 버린 것이다.

그러나 이성을 잃고 눈이 돌아간 사람은 지살만이 아니었다.

상대, 졸지에 쌍욕을 듣고 자신의 침입이 발각되었다는 것을 알게 된 황포사내, 초혼 사자 자벽호도 그랬다.

물론 쌍욕보다는 자신이 발각되었다는 사실이 그를 흥분시킨 주된 요인이었다.

애초에 그들의 침입이 이미 드러났고, 보이지 않는 곳에서 호교 사자들이 죽어 가고 있다는 사실을 전혀 모르는 있는 그로서는 자신이 먼저 발각되었다는 사실에 소름 돋도록 놀라 버린 것이다.

그다음으로 이어진 그의 행동은 그대로 쇄도하는 상대를 맞이해서 반격을 가하는 것이었다.

상대의 입을 봉하기 위함이었다.

그러나 상대인 지살은 그가 그렇듯 간단하게 상대할 수 있는 사람이 아니었다.

츠르르르륵-!

기묘한 소음과 함께 고함을 내지르며 달려들던 상대, 지살의 신형이 빠르게 땅속으로 가라앉으며 이내 완전히 사라져 버렸다.

"지둔술(地遁術)!"

배교(拜敎)의 술자(術子)들이나, 동영(東瀛)의 인자(忍者)들이 사용한다는 수법이었다.

도가의 공부 중에도 귀신(貴神)들의 세계를 접하고, 그 세계에 들락거리는 신비의 학문이라는 기문둔갑술(奇門遁甲術)의 내부에 그와 같은 수법이 들어 있다고 하는데, 아직 중원무림에서는 그에 정통한 환술을 익힌 무인이 나타나지 않았다.

중원 무림의 도가에는 기문둔갑술을 현문이학이 아니라 좌도방문의 하나로 치부하는 폐단(弊端)이 남아 있었기 때문이다.

자벽호는 그래서 절로 고개를 갸웃했다.

'풍잔에 동영의 인자가 왜……?'

상대, 지살을 동영의 인자로 확신하기에 드는 의혹이었다.

배교는 그들과 손을 잡았으며, 지금 그의 눈에 들어온 지살의 지둔술이 어설프게 흉내 내는 가짜가 아니라 진짜로 보여서 동영의 인자로 확신하는 것이었다.

다만 지금은 의혹보다 작금의 사태를 해결하는 것이 먼저였다.

자벽호는 메뚜기처럼 그대로 튀어서 지둔술을 펼친 지살의 위치를 기점으로 대여섯 장이나 떨어진 측면의 정원수 곁에 내려섰다.

후방이 아닌 측면인 것은 지살의 예공(豫攻)을 무산시키기 위함이었고, 와중에도 정원수 곁에 착지한 것은 나무의 뿌리가 지둔술을 방해한다는 것을 우연찮게 인연을 맺은 배교의 술자에게 들어서였다.

그러나 자벽호의 그런 노력과 순간적인 기지(奇智)는 오히려 독으로 작용했다.

지살이 이미 그와 같은 그의 반응을 정확히 예상해 움직였기 때문이다.

쑥―!

섬뜩한 소음 뒤로 자벽호는 그대로 굳어졌다.

뜨거움을 동반한 강렬한 통증이 발바닥에서, 이른바 용천혈(湧泉穴)에서 타고 올라와서 그의 뇌리로 직결된 까닭이었다.

지둔술을 펼친 지살이 이미 그가 내려설 자리로 이동해서 그의 두 발바닥을 비수로 찌른 것이다.

"킥!"

자벽호는 뒤늦게 신음을 흘리며 자리를 이동하려 했으나, 그의 두 발은 대못이 박힌 것처럼 꼼짝도 하지 않았다.

사혈인 용철혈에 비수가 박힌 까닭에 그의 뜻대로 발이 움직여지지 않은 것이다.

그 순간!

취아아아악!

자벽호의 면전인 땅바닥이 뒤집어졌다.

사방으로 튀어나가는 파편과 함께 검은 인영, 바로 지살이 솟구쳐 올랐다.

동시에 어지러운 사선을 그리는 섬광이 장승처럼 서 있는 자벽호의 전신을 휩쓸며 명멸했다.

지살이 땅속을 뚫고 나와서 허공을 솟구치는 와중에 휘두른 칼질이었다.

그것으로 끝이었다.

좌아악-!

허공으로 솟구쳤던 지살의 신형이 지면으로 내려서는 사이, 거의 동시에 다리가 잘리고, 허리가 베이고, 머리가 떨어져 나간 자벽호가 차곡하게 쌓였다가 와르르 무너지는 벽돌처럼 바닥으로 쏟아져 내렸다.

그때였다.

"놈!"

준엄한 일갈이 터지며 밤하늘을 가르는 유성처럼 떨어진 한 줄기 빛줄기가 자벽호의 주검을 바라보던 지살을 강타했다.

지살은 무지막지한 압력을 느끼고 본능적으로 땅속에 파고 들었다.

퍽-!

간발의 차이를 두고 빛의 덩어리 하나가 지살이 서 있던 땅바닥을 때렸다.

땅바닥이 움푹 파였다.

누군가 장심 혹은 주먹으로 쏘아 낸 강기였던 것인데, 그게 누구인지는 곧바로 들어났다.

땅바닥이 움푹 파이는 것과 동시에 유성처럼 그 자리로 떨어져 내리는 흑포중년인이 있었다.

"감히 누구 앞에서 잔재주를……! 놓칠까보냐!"

매서운 일갈을 내지르며 바닥으로 내려선 그는 바로 이번 기습을 주도한 천사교의 백팔사도 중 하나인 천인마도였다.

천인마도는 두 발이 지면에 닿기 무섭게 빙판을 미끄러지듯 한 방향으로 빠르게 이동하며 수중의 장도를 연속해서 땅바닥 깊숙이 찔렀다.

땅속에서 이동하는 지살을 따라가며 공격하는 것이었다.

푹! 푹! 푹!

결과는 미처 세 번의 칼질이 더해지기도 전에 나왔다.

그 어떤 고통의 신음도 들리지 않았으나, 밖으로 빠져나온 귀도의 칼끝에 피가 묻어 있었다.

"끝장이다, 이놈!"

천인마도가 한순간 높이 쳐 든 장도가 빛을 내며 서너 자나 길게 늘어지는 환상이 연출되었다.

검기가 강기를 이루는 검기성강의 경지였다.

그 장도가 쾌속하게 내려져서 천인마도의 시선이 고정된 땅바닥의 한 점을 깊숙이 파고들었다.

순간!

"음!"

땅속에서 지살의 침음이 흘러나왔다.

고통의 신음을 억누르는 침음이었다.

경중은 확인할 수 없으나, 천인마도의 공격에 당한 것이었다.

천인마도가 득의한 기색으로 웃으며 땅속 깊숙이 찌른 장도를 거칠게 잡아 뽑았다.

그런데 땅속에 박힌 장도가 쉽게 뽑히지 않았다.

지살이 칼날을 잡고 버티는 것 같았다.

"가소롭긴……!"

천인마도는 냉소를 날리며 일순 전신의 공력을 칼자루를 잡은 손에 응집했다.

그때, 누군가 칼을 뽑으려고 상체를 숙인 그의 어깨에 매달려 목을 졸랐다.

팔에 목이 감긴 상태라 고개를 돌릴 수가 없어 천인마도는 미처 확인할 수 없었지만, 그는 바로 외문기공 금강벽을 시전한 금혼살이었다.

"헉!"

천인마도는 당황해하며 어쩔 줄 몰랐다.

너무나 갑작스럽게 목을 조인데다가 목을 조이는 힘이 너무도 강력해서 꼼짝도 할 수가 없었다.

천인마도의 입장에서 매우 분할 수밖에 없는 것이 금혼살의 독문절기인 금강벽은 제아무리 천사교의 백팔사도 중 상위 서열에 속하는 그라도 쉽게 벗어날 수 없을 정도로 강력한 외문기공이었기 때문이다.

그러나 천인마도에게 그보다 더 분한 일이 그다음에 벌어졌다.

한 손은 땅속에 박힌 장도를 잡고 있는지라 어쩔 수 없이 한 손만으로 목을 조르는 금혼살의 팔을 풀려고 하는 천인마도의 면전으로 검은 인영 하나가 뚝 떨어져 내렸다.

천살이었다.

"익!"

천인마도는 절체절명의 순간임을 직감하며 사력을 다해 금혼살을 뿌리치려 했다.

그때 천살의 손에 들린 칼이 그 순간에 수평으로 움직이며 달무리를 닮은 섬광을 그렸다.

서걱―!

무언가 섬뜩한 느낌을 주는 소음과 그보다 더 섬뜩한 느낌을 주는 아픔이 천인마도의 뇌리를 엄습했다.

다음 순간, 그는 자신의 의지와 무관하게 뒤로 넘어가서 밤하늘을 보게 되었다.

목을 조르고 있는 금혼살의 무게를 버티지 못하고 그리된 것인데, 그는 그 이유를 그다음 순간에 알게 되었다.

땅속에 박힌 장도를 뽑으려고 잡고 있던 손이 잘려지는 바람에 그 여파로 뒤로 자빠진 것이었다.

"크으⋯⋯!"

천인마도는 크게 비명을 지르고 싶어도 목이 조여서 지르지 못하는 상태로 그제야 진즉 장도를 포기하고 대항해야 했다는 사실을 깨닫고 몸부림쳤다.

그런 그의 시야로 자신의 장도를 어깨 부근에 깊숙이 꽂고 있는 사내의 웃는 얼굴이 들어왔다.

지살이 그제야 땅을 벗어나서 그에게 얼굴을 내민 것인데, 그가 지살과 시선을 마주친 그 순간, 불처럼 뜨거운 느낌이 그의 폐부를 쑤시고 들어왔다.

지살이 자신의 어깨를 관통한 그의 장도를 뽑아서 그의 심장을 찌른 것이었다.

"끄으⋯⋯!"

천인마도는 피거품을 흘리며 아득한 나락으로 떨어졌다.

그리고 서서히 고통이 사라지고 있었다.

그것은 곧 죽음을 의미했다.

그의 목을 조르고 있어서 그것을 가장 먼저 간파한 금혼살이 발작적으로 손을 풀고 일어나 지살을 향해 악을 썼다.

"야, 이놈아! 이놈이 마지막이었는데, 그냥 죽이면 어쩌자는 거야!"

지살이 그제야 아차 하고 당황하며 다급히 천인마도의 상세를 살폈다.

그렇지만 이미 심장에 구멍이 뚫려 죽은 사람이 상세를 살핀다고 다시 살아날 수는 없었다.

천살이 한심하다는 듯이 끌끌 혀를 찼다.

"어휴, 잘하는 짓이다! 내가 너를 아끼지 않아서 네가 그리한 것을 알면서도 저놈 팔만 잘랐겠냐? 그렇게 생각이 없어서야……!"

"쉿!"

곤혹스러운 표정을 짓고 있던 지살이 재빨리 손가락 하나를 입술에 대고 조용히 하라는 시늉을 했다.

천살이 얼떨결에 입을 다물고, 금혼살이 왜 그러나 하는 표정으로 바라보는데, 지살이 반색하며 신형을 날렸다.

"저쪽에 아직 산 놈이 있다!"

천살과 금혼살도 대번에 그것을 깨달으며 동시에 신형을 날려서 지살의 뒤를 따라갔다.

과연 지살의 말대로 아직 생존자가 있었다.

풍장의 후문과 가까운 지역, 정문 앞에 자리한 본래의 객청을 제외하면 전체적인 구조가 만(卍) 자형을 이루는 풍장의 건물 배치를 놓고 보면 서북 방향에서 중심부로 절반쯤 들어선 곳에 위치한 중정이었다.

침입자로 보인 중년의 흑포 사내 하나가 낯익은 세 사람에게 포위당해 있었다.

천살과 지살, 금혼살은 시야에 들어온 낯익은 그들, 세 사람이 바로 잔월과 사사무, 제연청임을 알아보기 무섭게 저마다 다급히 소리쳤다.

"죽이지 마요!"

"죽이면 안 돼요!"

"살려요, 살려!"

저건 또 무슨 미친놈들일까.

잔월과 사사무, 제연청에게 포위당해 있던 천사교의 백팔사도 벽인금마는 부리나케 달려오는 천살과 지살, 금혼살의 외침을 듣자 머리가 어지러웠다.

가뜩이나 다른 수하들의 기척이 느껴지지 않아서 혼란스러운 마당에 나타난 세 놈이 면전에서 서로 자기가 먼저 나서보겠다고 다투고 있어 어이가 없었는데, 새로운 세 놈이 달려오더니 살리라고, 죽이지 말라고 악을 쓰고 있었다.

아무리 봐도 저건 그를 두고 하는 말이 분명했다.

그래서 시사하는 바가 매우 컸다.

사람이 단체로 미치는 경우가 아주 없진 않겠으나, 매우 드물긴 할 것이기 때문이다.

불길했다.

벽인금마는 마음을 다잡고 눈앞의 세 사람, 잔월 등을 가소롭게 바라보던 눈빛을 진지하게 바꾸었다.

그가 그런 감정의 변화를 겪는 사이에도 어처구니없는 잔월 등의 대화는 계속 이어졌다.

"죽이지 말고 살리라는 게 이자를 두고 하는 말이겠지?"

"그런 것 같네요. 아무래도 저쪽으로 들어온 자들을 다 죽여 버린 모양이네요."

"그럼 다른 도리 없네요. 같이 나서야지. 죽이지 않고 생포하려면 그 수밖에 없잖아요."

잔월 등이 시선을 교환했다. 그리고 세 사람의 고개가 약속이라도 한 것처럼 동시에 끄덕여졌다.

의견의 일치를 본 것이다.

그들의 대화를 들으며 새삼 어처구니가 없어지던 벽인금마는 그런 상념을 털어 내듯 고개를 흔들며 안색을 굳혔다.

새로운 세 사내가 나타난 방향은 정문 쪽이었다.

그러니 그들의 방향으로 들어갔던 자들이라면 천인도마 등일 텐데, 고작 시간이 얼마나 흘렀다고 그사이에 그들이 다 죽었다는 것은, 정말 말도 안 되는 일이었다.

그렇지만 지금은 말도 안 되는 그 말을 믿을 수밖에 없었다.

방금 전 누군가의 경호성에 의해 정문 쪽으로 들어선 천인도마 등이 발각된 것을 알았기에 더욱 불길한 감정을 지울 수가 없었다.

　설마하니 천인도마가 당했을 리는 없겠지만, 사정이 여의치 않아서 먼저 빠져나갔을 수는 있었다.

　하물며 사실이 그렇다고 해도 사전에 연락을 주지 않았다고 천인도마를 욕하거나 나무랄 일은 아니었다.

　그런 일이 그들에게는 배신도 뭐도 아닌 그저 일상과 다름없었기 때문이다.

　사정이 여의치 않으면 그 역시 언제든지 그런 결정을 내릴 수 있는 사람이었다.

　'좋지 않군!'

　벽인금마의 머리가 빠르게 돌아갔다.

　지금 면전에 있는 세 놈도 하나같이 범상치 않아서 결코 호락호락한 상대가 아니었다.

　그렇다고 질 것 같지는 않았지만, 쉽게 이길 수 있을 거라는 자신도 없었다.

　그런데 새롭게 나타난 세 놈도 마찬가지로 범상치 않아 보여서 한결 더 마음이 무거워졌다.

　놈들이 합세하면 그가 이길 가능성은 거의 없어 보였다.

　벽인금마는 거기까지 계산하다가 문득 자신이 어느새 처음과 달리 눈앞의 사내들을 적잖게 두려워하고 있다는 것과 기척이 느껴지지 않은 수하들을 이미 다 죽은 것으로 생각한다는 것을 깨달으며 실로 전신이 오싹해졌다.

이건 분명 본능이었다.

아니, 본능을 넘어서는 육감이 알려 주는 경고였다.

벽인금마는 순간적으로 그 경고에 반응해서 즉시 신형을 날렸다.

눈 깜짝할 사이에 그의 신형이 저편 어둠 속으로 파고들었다.

백팔사도 서열 사십사 위인 그가 서열 십일 위인 천인도마보다 유일하게 앞서는 신법인 마형유령전신(魔形幽靈電身)이었다.

천사교의 교도들은 교리에 따라 호교 사자가 되면서부터 정예로 평가받으며 무공을 전수받게 되는데, 마형유령전신은 백팔사도에게 전수되는 무공 중 하나로, 빠르기와 변화무쌍함이 강호 무림의 특급 고수가 익힌 그것을 능가하는 초절정의 경신경공술이었다.

"저런……!"

이에 잔월과 사사무, 제연청이 거의 동시에 반응해서 벽인금마의 뒤를 추적했다.

간발의 차이로 현장에 도착한 천살과 지살, 금혼살도 서둘러 그 뒤를 따라갔다.

그러나 아쉽게도 경공술은 그들 여섯 사람의 장기와 거리가 멀었다.

그들은 누굴 죽이는 데 익숙한 사람들이지, 누굴 따라가는 데 익숙한 사람들이 아니었다.

따라서 그들과 벽인금마와의 거리는 조금도 좁혀지지 않았다. 오히려 점점 더 거리가 벌어지고 있었다.

그나마 거리가 서서히 벌어지는 것도 잔월 등이 사력을 다해서 추적하기 때문이었다.

그러나 벽인금마는 오늘 이래저래 재수가 없었다.

하필이면 그가 도주하는 방향에 유독 크고 높은 전각 하나가 자리해 있었고, 또한 그 전각의 지붕에는 풍잔에서도 손꼽히는 고수 하나가 번을 서고 있었다.

항상 암중에서 설무백을 경호하는 혈영이었다.

"……?"

벽인금마는 한걸음에 하나 또는 두 개의 전각을 뛰어넘으며 시위를 떠난 화살처럼 빠르게 달리는 와중에도 혈영의 모습을 놓치지 않았다.

다만 그냥 멈추거나 방향을 틀지 않고 돌파를 시도했다.

전력을 다해 달리다가 전각을 발견하고 사력을 다해 뛰어넘으려다가 발견한 까닭에 갑자기 멈추거나 방향을 바꾸려면 상당한 부작용을 감수해야 했기 때문이다.

그때 전각의 지붕에 있던 상대가, 그는 모르지만 바로 혈영이 칼을 뽑아 들었다.

벽인금마는 아차 싶었다.

뒤늦게 상당한 기세가 느껴지는 발도임을 간파한 것이다.

"읔!"

벽인금마는 어쩔 수 없이 최대한 속도를 줄이지 않는 선에서 쏘아져 가던 자신의 신형을 아래로 가라앉혔다.

전각의 지붕이 아니라 전각의 측면에 줄지어 자리 잡은 창문과 같은 높이였다.

순간적으로 전각의 창문을 뚫고 들어가서 반대편의 창문으로 나가려는 판단을 내린 것이다.

그러나 세상사는 뜻대로 되는 일보다는 뜻대로 되지 않는 일이 더 많은 법.

오늘 벽인금마도 그 범주를 크게 벗어나지 못했다.

와장창—!

창문을 박살 내고 들어간 전각의 내부에서 그는 거대한 철벽과 마주했다.

분명 눈에는 아무것도 보이지 않았다.

하지만!

쿵—!

둔탁한 충돌음과 함께 벽인금마는 거대한 철벽과 충돌한 것처럼 무지막한 충격을 느끼며 뒤로 나가떨어졌다.

대체 뭐가 뭔지 모르는 상황 속에서 바닥을 구르던 그는 애써 정신을 부여잡으며 일어났다.

"어……?"

그리고 무심결에 앞뒤 안 가리고 재빨리 신형을 날리려던 벽인금마는 이내 얼음처럼 굳어져 버렸다.

그럴 수밖에 없었다.

지금 그가 들어선 전각의 내부는 크고 높은 외관이 무색할 정도로 엄청나게 넓은 공간이었다.

그 넓은 공간에는 수많은 사람들이 들어차 있었고, 그는 그런 공간의 중앙에 떨어진 까닭에 그 모든 사람들의 시선을 한 몸에 받고 있었다.

"……!"

벽인금마는 그 넓은 풍잔의 영내에 왜 그리 사람의 모습과 기척이 없었는지를 이제야 깨달았다.

여기가 무엇을 하는 장소인지는 모르겠으나, 다들 여기에 모여 있었다.

그리고 그는 또 깨달았다.

풍잔은 그야말로 용담호굴이었고, 지금 그는 순간의 선택 아니, 실수로 용담호굴의 중심으로 떨어졌다.

가만히 있어도 사방에서 옥죄는 무지막지한 압력으로 인해 그는 그것을 절감하고 있었다.

그때 방금 그가 뚫고 들어온 창문을 통해서 무심한 얼굴의 적포 사내 하나가 날아 들어와서 사뿐히 내려앉았다.

적포 사내는 바로 혈영이었다.

벽인금마가 혈영이 조금 전 전각의 지붕에 있던 적포 사내였음을 알아보는 보는 사이, 다시금 일단의 사내들이 깨진 창문을 통해서 우르르 안으로 들어왔다.

잔월과 사사무, 제연청이 선두의 세 사람이었고, 그 뒤를 따르는 세 사람은 천살과 지살, 금혼살이었다.

장내에, 바로 거대한 실내 연무장인 풍무관에 잠시 침묵이 흘렀다.

갑작스럽게 벌어진 사태에 다들 어리둥절한 기색으로 입을 다물고 있었다.

벽인금마는 그 순간에도 어떻게든 빠져나갈 구멍을 찾기 위해 은연중에 눈동자만을 굴려서 사방을 살피고 또 살폈다.

그러나 허망하다 못해 절망스럽게도 빠져나갈 구멍은 전혀 보이지 않았다.

그는 다른 것을 다 떠나서 그냥 느낌으로 그것을 알 수 있었다.

지금 그가 이 자리를 벗어나기 위해 조금이라도 움직인다면 적어도 오십여 개의 살수가 그를 노릴 것이고, 그중의 절반 이상은 그가 도무지 감당할 수 없는 살수일 터였다.

'이, 일개 객잔인데……?'

벽인금마가 실로 절감하면서도 믿을 수 없는 현실 앞에서 새삼 황당해하는 그때, 누군가 퉁명스럽게 침묵을 깼다.

"뭐야? 누가 설명할 거야?"

벽인금마는 새삼스럽게 흠칫 놀랐다.

모두가 침묵하는 가운데 혼자 귀찮다는 듯이 말문을 열고나선 사람이 언제 다가섰는지 모르게 자신의 옆에 서 있던 사내였기 때문이고, 또한 그 사내가 너무 젊었기 때문이다.

우습게도 그는 아직 모르지만, 그 사내가 바로 그가 찾던 설무백이었다.

"침입자 중 하나인 것 같습니다."

설무백의 말을 들은 혈영이 대답하며 슬쩍 시선을 잔월 등에게 돌렸다.

잔월이 그 시선에 반응해서 부연했다.

"오늘 영내로 침입한 자들의 수뇌인 것 같습니다."

"이렇듯 막무가내로 우리 풍잔을 쳐들어올 자들은 한곳밖에 없을 텐데?"

"예, 그쪽 애들로 보입니다. 천사교요."

눈치를 살피며 그들의 대화를 듣던 벽인금마의 두 눈이 절로 크게 떠졌다.

설무백과 잔월이 너무도 당연하다는 듯이 천사교를 언급하고 있지 않은가.

그런데 더욱 놀라운 것은 장내의 반응이었다.

장내에 있는 사람들 대부분이 천사교라는 이름을 듣고도 별다른 기색이 없었다.

예상하고 있지 않았다면 절대 보일 수 없는 반응이었다.

'어떻게?'

벽인금마의 의혹은 곧바로 흘러나온 설무백의 말로 인해 더는 이어지지 못했다.

"놓친 거야?"

잠시 벽인금마를 훑어보고 나서 잔월에게 시선을 돌린 설무백의 말이었다.

잔월이 대답 대신 멋쩍은 얼굴로 뒷덜미를 긁적였다.

사사무가 재빨리 끼어들며 말했다.

"제법 흔치않은 실력을 가졌기에 한번 보자고 우리끼리 순서를 정하다가 그만……! 절대 놓친 건 아닙니다!"

설무백이 자못 냉담하게 말했다.

"그게 놓친 거야."

사사무가 안색을 붉히며 고개를 숙였다.

"죄송합니다!"

설무백이 픽 웃고는 천살과 지살, 금혼살의 훑어보다가 지살의 상처에 시선을 고정했다.

지살이 은근슬쩍 상처를 가리고 어색한 미소를 흘렸다.

설무백은 그 모습을 보고 그냥 넘어가려고 했으나, 장내에는 그와 달리 그냥 넘어가지 못하는 사람이 있었다.

쌍노 중 환노, 바로 환사가 그랬다.

"너 좀 다친 것 같은데?"

지살이 펄쩍 뛰며 부정했다.

"아, 아닙니다! 지둔술을 펼치다가 땅속에 박힌 가시에 조금 긁힌 겁니다!"

"가시에 긁힌 것치고는 피가 많이 났는데?"

"간지러워서 긁다가 그만, 정말 별거 아닙니다!"

환사가 지살에게 더 묻지 않고 천살과 금혼살을 향해 시선을 돌렸다.

천살과 금혼살이 도둑이 제 발 저린 것처럼 묻기도 전에 먼저 말했다.

"가시에 맞습니다!"

"제가 보기에도 가시였습니다!"

천살과 지살, 금혼살이 이렇게까지 상처를 감추는 것에는 그만한 이유가 있었다.

풍잔의 식구들은 이제 상처를 입으면 안 된다.

그게 적과의 싸움이든 아니면 수련을 위한 비무든 간에 조금이라도 상처를 입으면 정신이 해이해졌다는 미명 아래 환사가 특별히 고안한 보름간의 수련에 참가해야 하기 때문이다.

수련에 참가했던 모두가 한입으로 그 수련을 지옥 연무라고 부르는 것으로 봐서, 그에 대해서는 곧이 다른 설명이 필요하지 않을 터였다.

"그게 아닌 것 같은데……?"

환사가 고개를 갸웃거리고 있었다.

당장이라도 나서서 지살의 상처를 살펴볼 기세였다.

지살이 절로 울상이 되어서 설무백을 바라보았다.

구원의 손길을 요구하는 눈빛이었다.

설무백은 외면하지 못하고 나섰다.

"이름?"

벽인금마에게 던진 질문이었다.

환사가 그제야 감히 나서지 못하고 물러났다.

벽인금마가 은근슬쩍 그 모습을 확인하고 나서 이게 뭔가 하는 표정으로 설무백의 시선을 마주했다.

그리고 감히 겉으로는 내뱉을 수 없는 말을 속으로 뇌까렸다.

'얘는 뭐지?'

무기명제자 無記名弟子 (2)

벽인금마는 황당했다.

아무래도 그는 작금의 상황을 전혀 이해할 수가 없었다.

지금 그의 어깨를 깨트릴 것처럼 무지막한 압력을 행사하는 고수들이 장내에 즐비하게 깔려 있다는 것은 알겠는데, 아무리 봐도 지금 나선 설무백은 그중의 하나가 아니었다.

제아무리 노화순청(爐火純靑)의 경지를 거쳐 몰아일체(沒我一體)를 통해 환골탈태를 경험하고 반박귀진의 경지에 들어선 고수라고 할지라도 기풍으로서, 소위 내면을 통해 드러나는 기도를 통해서 어느 정도는 지닌 바 신위에 대한 위화감을 느낄 수 있는 법이었다.

적어도 그는 그 정도가 되는 고수였다.

그러나 설무백에게는 그런 느낌이 전혀 없었다. 그냥 아무것도 모르는 백면서생과 다름없는 기색이요, 분위기였다.

따지고 보면 사실 그게 더 이상하긴 했다.

고수들이 즐비하게 깔린 곳에서 혼자 당당하게 말문을 열 수 있는 사람이 백면서생과 같다는 것은 아무리 생각해 봐도 이상한 일이 아닐 수 없었다.

벽인금마는 그래서 더욱 이해할 수 없고, 전혀 모르겠다는 기분이었다.

'설마 이자가 정기신(精氣神)의 일체화를 이룬 조화지경(造化之境)의 고수……?'

벽인금마는 절로 고개를 절레절레 흔들었다.

절대 그럴 리가 없었다.

화경(化境)에 즉, 출신입화지경(出神入火之境)이라는 신화경(神化境)의 경지가 바로 절대지경(絶代之境)이었다.

그건 즉, 약관을 겨우 넘은 것으로 보이는 눈앞의 사내, 설무백이 소위 천하십대고수의 반열에 올라섰다고 알려진 극마지경(極魔地境)의 고수들인 천사교의 십이신군과 동급의 고수라는 뜻이므로 절대 가당치가 않은 일이었다.

생각이 거기에 이르자, 어이없게도 벽인금마의 생각은 다시금 원점으로 돌아갔다.

'그런데 이놈이 왜 여기서 대장처럼 구는 거지?'

그 순간!

쾅─!

엄청난 타격음이 벽인금마의 뒤통수에 작렬했다.

묵직한 충격이 골수를 뒤흔드는 가운데, 시야가 어둡게 점멸해 버렸다.

혼절이었다.

벽인금마는 그 바람에 곧바로 이어진 환사의 투덜거림을 듣지 못하고 앞으로 고꾸라졌다.

"이름을 묻는데 왜 쓸데없이 고개를 젓고 지랄이야, 지랄은!"

환사가 벽인금마의 태도를 고깝게 보고 발끈해서 뒤통수를 후려갈긴 것이었다.

투덜거리고 나서야 속절없이 혼절해서 얼굴을 바닥에 처박은 벽인금마를 보고 그는 자신의 손바닥과 설무백의 눈치를 보며 변명했다.

"……애가 좀 약하네."

벽인금마는 약하지 않았다.

그렇다고 환사가 상대적으로 그보다 월등히 강한 것도 아니었다. 지금 이건 그냥 상황이 만든 사고일 뿐이었다.

벽인금마는 이해할 수 없이 독특한 설무백의 기질과 기풍에 넋이 나가서 그만 평소와 달리 환사의 공격을 전혀 감지하지 못한 것이었다.

그랬다.

공격이었다.

벽인금마의 뒤통수를 후려친 환사의 손 속에는 적잖은 내력이 담겨 있었다.

벽인금마의 범상치 않은 기도를 알아본 환사가 와중에 독문기공인 자하벽라기(紫霞霹羅氣)의 강기를 사용해서 시험했던 것이다.

벽인금마의 호신강기가 발동해서 다행이었다.

아니었다면 그의 머리는 수박처럼 터져 나가 버렸을 터였다.

설무백은 첫눈에 그와 같은 내막을 간파하며 은연중에 환사를 쳐다봤다.

그게 눈총은 아니었는데, 환사가 도둑이 제 발 저린 것처럼 어색한 미소를 흘리며 새삼 변명했다.

"나도 모르게 그만……."

설무백은 오히려 머쓱해져서 환사를 외면하며 공야무륵을 향해 말했다.

"깨워."

공야무륵이 앞으로 나서서 엎어진 벽인금마의 옆구리를 가볍게 걷어찼다.

"악!"

벽인금마가 비명을 지르며 깨어났다. 공야무륵이 가장 아픈 부위를 내공을 불어넣은 발길질로 걷어찼던 것이다.

비록 내색은 삼가고 있었으나, 사실 그는 설무백을 대하는 벽인금마의 태도가 마뜩찮아서 내내 환사보다 더 고까운 눈초리로 벽인금마를 노려보고 있었다.

"어째 사방이 함정이네."

설무백은 뒤늦게 그걸 간파하며 쓰게 입맛을 다시고는 정신을 차린 벽인금마의 대답을 재촉했다.

"이름 하나 때문에 죽을래?"

벽인금마가 도무지 어떻게 돌아가는 상황인지 몰라서 답답한 표정으로 연신 눈동자를 굴렸다.

공야무륵이 흉흉한 눈초리로 그런 그를 주시한 채로 물었다.

"죽일까요?"

벽인금마는 이게 장난이 아님을 대번에 느끼며 재빨리 대답했다.

"벽인금마라고 한다."

"한다?"

공야무륵이 두 눈을 희번덕거리며 어느새 뽑아 든 도끼를 높이 쳐들었다.

"그냥 죽이죠?"

벽인금마는 반사적으로 태세를 갖추었다.

장내의 과중한 압력에 눌려서 맥을 못 추고 있긴 하나, 그도 그리 호락호락한 사람이 아닌 것이다.

그때!

퍽ㅡ!

둔탁한 소음이 터지고, 벽인금마는 뒤통수가 화끈해지며 두 눈에서 불똥이 튀었다.

오직 벽인금마만 볼 수 있는 불똥이었다.

지켜보던 환사가 앞서처럼 발끈해서 그의 뒤통수를 한 대 갈겼고, 그는 이번에도 미처 그에게 신경 쓸 겨를이 없어서 여지없이 당해 버린 것이다.

"크으……!"

다행히 이번에는 내력을 끌어 올린 상태로 태세를 갖추고 있어서 혼절은 면한 벽인금마는 절로 터져 나오는 신음을 억누르고 발딱 고개를 쳐들어 환사를 노려보았다.

환사가 기다렸다는 듯이 그런 그의 면상을 사정없이 주먹으로 가격했다.

퍽-!

"억!"

벽인금마는 비명을 지르며 나자빠졌다.

이번에는 나름 대처를 했음에도 피하지 못하고 당해 버렸다.

환사가 이미 그의 저력을 간파하고 싸움에 준하는 손 속을 발휘한 까닭이었다.

미미한 차이일지라도 환사의 능력은 엄연히 벽인금마보다 강했고, 싸움의 승패는 늘 그와 같은 차이가 결정된다.

"네놈이 지금 어느 안전인 줄 알고 감히 그따위 불손한 눈을 뜨고 사람을 꼬나보는 게냐?"

환사는 벌러덩 자빠진 벽인금마의 가슴을 발로 누른 채 내려다보며 사납고 흉포한 경고를 추가했다.

"그냥 이대로 눌러서 심장을 으깨진 두부로 만들어 줄까, 아니면 그 잘난 면상을 한 대 더 갈겨서 피 떡으로 만들어 줄까?"

벽인금마의 가슴을 밟은 채 상체를 숙이며 흔들어 보이는 환사의 주먹은 시퍼런 불길로 이글이글 타오르고 있었다.

환사의 독문내공인 자하벽라기에 기반한 자하벽라권(紫昰霹羅拳)을 극상으로 끌어 올린 모습이었다.

벽인금마는 그게 어떤 기공인지는 몰라도, 파괴적인 그 모습과 살기 넘치는 환사의 눈빛에 압도되어서 절로 얼굴이 창백해졌다.

그런 그에게 한 가지 위협이 더해졌다.

"어이, 후배님? 그런 경고는 주먹보다 칼이 제격이네. 필요하면 쓰게나."

카랑카랑한 목소리가 들리더니 서슬이 시퍼런 송문고검 한 자루가 두둥실 날아와서 벽인금마의 귀불을 스치며 바닥에 꽂혔다.

던져진 칼이 아니었다.

누군가, 정확히는 무당마검 적현자가 고도의 허공섭물로 날린 칼이었다.

벽인금마는 절로 마른침을 삼켰다.

이 정도로 정확하고 정밀한 허공섭물을 펼치려면 대체 어느 정도의 내공과 필요한 것인지 그는 도저히 가늠할 수 없었다.

잘은 몰라도 천사교의 십이신군이 아니라면 이 정도 경지의 허공섭물은 감히 꿈도 꾸지 못할 터였다.

'대체 여긴 어디지……?'

벽인금마는 정신이 하나도 없었다.

분명 겁에 질린 것은 아닌데, 이성이 마비된 것처럼 생각자체가 좀처럼 이어지지 않았다.

세월이라고 불러도 좋을 만큼의 시간 동안 강호 무림에서 암약했으나, 이런 곳은 처음이었다.

자신의 담당이 아니라 장담할 수는 없지만, 소림도 무당도 이 정도는 아닐 것 같았다.

그런 벽인금마의 충격을 아는지 모르는지, 다른 노인 하나가 시퍼런 불길이 일렁이는 주먹으로 그를 위협하고 있던 노인을, 바로 환사를 저만치 밀어 버리며 벽인금마를 일으켜 세웠다.

그는 바로 천월이었다.

"경고도 적당히 해야지요. 구석까지 몰아 놓은 애를 그리 다그치면 어디 쓰겠소, 선배. 안 그러냐?"

천월은 누런 이를 드러내고 웃는 낯으로 벽인금마를 일으켜서 앉혀 놓고 옷매무세를 만져 주며 천연덕스럽게 물었다.

벽인금마는 이젠 아주 등골이 오싹해졌다.

사방이 온통 괴물들로 둘러싸여 있는 것 같은 기분이 들어서 전신에 소름까지 돋아났다.

천월이 그런 벽인금마의 어깨를 가볍게 두드려 주며 물러났다.

"괜한 허세 부리지 말고 정성껏 제대로 대답해라. 어차피 한 번 사는 인생인데, 좋은 게 좋은 거 아니겠나. 안 그래?"

"윽!"

벽인금마는 절로 신음을 흘렸다.

그의 어깨가 한쪽으로 처지고 있었다.

좋은 게 좋은 거라면서 물러나던 천월이 마지막 한 번의 손길에 강렬한 내력을 담아서 그의 어깨를 두드렸던 것이다.

그러나 벽인금마에겐 그와 같은 아픔을 느낄 시간조차 그리 길게 주어지지 않았다.

그때 괴물들의 대장으로 보이는 젊은 사내, 바로 설무백이 아무렇지도 않게 그를 바라보며 다시 질문했기 때문이다.

"이름?"

벽인금마는 자신도 모르게 반사적으로 대답했다.

"벽인금마……라고 하오."

설무백이 무심하게 고개를 끄덕이며 두 번째 질문을 던졌다.

"소속은?"

벽인금마는 더는 망설이지 않고 대답했다.

이젠 이미 내친걸음이라 망설이고 자시고 할 이유가 없었다.

"천사교의 백팔사도요."

"백팔사도가 천사교에서 차지하는 위치는?"

"지위의 고하를 말하는 거라면 교주님 아래 좌우제사장과 십이신군을 모시는 위치요."

"백팔사도 아래에는 누가 있지?"

"초혼 사자가 있고, 그 예하에 호교 사자가 있으며, 다시 그 아래 호교 처사, 그리고 일반 교도들이오."

"인원은?"

"초혼 사자가 오백, 호교 사자는 이천가량이고, 그 아래 호교 처사는 사천가량, 일반 교도는 대략 십만을 보고 있소."

"그게 다인가?"

"다요. 컥!"

벽인금마가 대답과 동시에 달리는 무소뿔에 들이받힌 것처럼 저만치 나가떨어졌다.

반사적으로 일어나던 그는 절로 새우처럼 허리를 접으며 피를 토해 냈다. 상당한 내상의 징후였다.

한바탕 피를 토하고 나서 겨우 고개를 쳐든 벽인금마는 그제야 두려움이 스민 눈빛으로 설무백을 바라보았다.

그는 이제 깨달았다.

잠시 잊고 있었는데, 앞서 그가 이곳 전각의 내부로 들어와서 충돌한 무언가 거대한 철벽의 실체가 무엇인지 밝혀졌다.

이자였다.

정확히는 이자가 뿜어낸 강기였다.

그가 보는 이자, 바로 설무백은 일반적으로 몸을 보호하는 것으로 알고 있는 호신강기를 마음대로, 그야말로 얼마든지 원하는 크기로 확대해서 펼칠 수 있을 뿐만 아니라, 강기를 응축시켜 폭발력을 극대화한 다음에 쏘아 내는 탄강(彈罡)의 경지까지 가능한 절대 고수였다.

그런 절대 고수인 상대, 설무백이 무심해서 더욱 차갑고 냉정해 보이는 눈빛으로 그를 직시하며 말했다.

"천사교는 이미 오래전부터 어린 아이들을 제물로 사용하는 사마대법을 통해 인세에 하등 필요치 않은 요물들을 양산하고 있었다. 아니라고 할 텐가?"

벽인금마는 절로 몸서리를 치며 말을 더듬었다.

"그, 그 강시들은 교, 교주님의 명령을 받은 좌우제사장이 전적으로 관리하오. 그래서, 우, 우리들로서는 제대로 알 도리가 없소."

"제대로 모르면 유추라도 해 봐. 어느 정도나 될 것 같아?"

"백 아니, 이백 정도가 아닐까 싶소."

설무백의 두 눈에 처음으로 살기가 감돌았다.

백에서 이백에 가까운 요물들을 제작하기 위해서 얼마나 많은 아이들이 제물로 바쳐졌는지가 떠올라서 그런 것인데, 그걸 모르는 벽인금마는 다르게 오해하고 서둘러 부연했다.

"정말이오. 내부에서도 워낙 철저한 비밀에 붙여지는 일이라 우리가 아니, 내가 알 수 있는 것은 그 정도가 다요."

설무백은 가만히 고개를 끄덕이는 것으로 애써 감정을 삭이며 다시 질문에 나섰다.

"오늘 침입은 당신이 주도한 건가?"

벽인금마는 일순 멈칫했다가 서둘러 대답했다.

"아니오. 본인과 같은 사도인 천인도마가 주도한 일이오. 본인은 우선 이번 일을 총괄하는 상관에게 보고하기를 바랐으나, 그가 독단으로 나서는 바람에 나 역시 어쩔 수 없이 도왔을 뿐이오."

설무백은 찰나지간의 일이었으나, 벽인금마가 멈칫했던 순간을 예사롭지 않게 느끼며 물었다.

"이번 일을 총괄한다는 상관은 누구인가?"

"십이신군의 하나인 신안신군이오."

"그는 지금 어디에 있나?"

"후방에, 정서부에 있을 거요."

설무백은 벽인금마를 바라보는 상태로 묵묵히 고개를 끄덕이며 자리를 털고 일어났다. 그리고 좌중을 둘러보며 말했다.

"잠시 정서부에 다녀와야 할 것 같으니, 오늘 교육은 여기서 끝내도록 하지요."

ᛉᛟ

설무백이 돌아온 이후부터 풍잔의 모든 식구들은 저녁마다 거의 열외 없이 풍무관에 집결했다.

표면적인 목적은 평소 따로 수련하던 사람들이 한자리에 모여서 그동안의 성과를 보이고 부족한 점을 보완하여 경지를 끌어 올리자는 취지였지만, 속내는 달랐다.

　설무백이 돌아왔으니 어떻게든 재량껏 한 번이라도 그의 지도를 받아 보라는 제갈명의 잔머리에 풍잔의 식구 모두가 동의해서 이루어진 계획이었다.

　물론 설무백이 그와 같은 제갈명의 잔머리와 모두의 속셈을 모를 리는 만무했다.

　알지만 그냥 수긍해 주었다.

　내일을 아니, 한 치 앞을 내다볼 수 없을 정도로 급변하는 작금의 강호 무림에서 유일한 대안은 오직 본연의 실력을 높이는 것뿐이라는 것이 그의 판단이었다.

　작심하기로는 적어도 두세 달 동안은 전력을 다해서 풍잔의 식구들을 돌보며 본연의 실력을 끌어 올려주고 싶었다.

　시기를 그렇게 잡은 것은 그때쯤이면 무림맹이 창설되고, 강호 무림의 판도가 다시 한번 돌변할 것이라 생각했기 때문이다.

　그런데 두 달은커녕 불과 보름도 안 돼서 계획이 틀어져 버렸다.

　천사교가 그를 찾아온 것이다.

　형문파의 일 등을 포함해서 그간 해 놓은 일이 있으니 천사교가 그를 찾아오는 것은 당연한 수순이라 그다지 놀랄 만한 일은 아니었다.

다만 예상보다 너무 빨랐다.

지금까지 천사교가 그와 풍잔의 행적을 추적할 것이라는 예상을 하고 매번 만전을 기해서 흔적을 지웠다.

그런데 천사교가 어느새 풍잔의 안방까지 쳐들어온 것이다.

설무백의 정서부행은 그래서 내려진 결정이었다.

아무리 생각해도 이건 그 무엇보다도 우선적으로 해결해야 할 문제였다.

그러나 작금의 상황이 얼마나 중대한지도 잘 알고, 그의 마음도 익히 짐작하나, 걱정이 앞서는 사람도 있었다.

특히 제갈명이 그랬다.

"함정입니다."

공야무륵이 점혈한 벽인금마를 광풍대원들이 풍무관 밖으로 끌고 나간 다음이었다.

제갈명이 강력히 주장하며 부연했다.

"아까 저 녀석이 잠시 멈칫한 건 둘째 치고, 이리 순순히 상관의 위치를 불 놈이 아닙니다. 이건 분명······!"

"내가 왜 저자에게 천사교의 본거지를 묻지 않고, 상관의 위치를 물었을 것 같아?"

설무백의 갑작스러운 반문에 제갈명이 깜박했다는 듯 두 눈을 멀뚱거리며 대답했다.

"그러고 보니 아까 그것도 좀 이상하긴 했습니다. 대체 왜 그러신 겁니까?"

설무백은 삐딱하게 제갈명을 쳐다봤다.

"그런 건 내가 아니라 네가 먼저 생각해야 하는 거 아니냐? 너, 명색이 문상이잖아?"

제갈명이 뻔뻔스럽게 대답했다.

"세상이 얼마나 어려운데, 문상이면 뭐 다 알아야 하나요? 당연히 모르는 것도 있는 거죠. 악!"

말미의 비명은 뒤에 서 있던 검노가 제갈명의 뒤통수를 주먹으로 한 대 쥐어박았기 때문이다.

검노가 발끈해서 돌아보는 제갈명을 한 대 더 때릴 것처럼 주먹을 드는 시늉으로 자라목을 만들어 놓고 설무백을 향해 물었다.

"나도 아까 그게 궁금했는데, 대체 왜 그런 거요?"

설무백은 대수롭지 않게 설명했다.

"아래에서 위로, 작은 것에서부터 큰 것으로 넘어가려는 겁니다. 덥석 큰 것부터 잡으려다가 놓칠 수도 있고, 어쩌면 피를 볼 수도 있어서요."

무턱대고 핵심을 찔렀다가 피를 토하며 죽어 나간 자들이 어디 한둘인가.

적들이 고독술은 차치하고, 심령에 관한 술법까지 자유자재로 구사할 수 있다는 사실을 익히 잘 알고 있는 설무백으로서는 만사불여튼튼, 조심할 필요가 있었다.

설무백에게 그간 겪었던 사건과 아직 겪어 보지는 않았으나, 이런저런 상황을 통해서 작금의 상황을 유추할 수 있는 내용을 몇 가지 전해 들은 검노는 이제야 알겠다는 듯 고개를 끄덕였다. 그리고 재우쳐 물었다.

"놓칠 수 있다는 건 무슨 말인지 알겠는데, 피를 볼 수도 있다는 건 무슨 뜻이오?"

"우리의 적은 고작 천사교만이 아니라는 뜻입니다."

"……!"

검노의 안색이 변했다.

조용히 경청하고 있던 사람들도 너나할 것 없이 동시에 심각해진 기색이었다.

당연한 반응이었다.

조금 전 벽인금마가 토설한 천사교의 규모는 무림의 태산북두라는 무당파나 소림사를 능히 압도하는 수준이었다.

그런데 설무백은 지금 적은 천사교만이 아니라고 하면서 고작이라는 수식어까지 붙였다.

"주인이 늘 말하던 시기가 매우 가까워졌다는 것으로 들리는군요."

검노가 절레절레 고개를 젓고는 사뭇 무거워진 기색으로 설무백을 바라보며 물었다.

"거두절미하고, 하나만 물어보고 싶소. 주인은 저들의 파급력이 어디까지 미칠 것으로 보고 있소."

설무백은 잠시 어떻게 대답해 주는 것이 좋을지 생각했다.

지금 검노의 질문이 무당파의 안위를 걱정하는 것에서 나왔음을 익히 짐작할 수 있었기 때문이다.

이윽고, 그는 마음을 정하고 대답했다.

"저의 예상대로라면 지금쯤 소림이 움직이고 있을 겁니다. 소림이 나섰는데 무당이 돕지 않을 리 없으니, 조만간 무림맹이 창설될 것이라는 소리죠. 한데!"

설무백은 말미에 단정하듯 말했다.

"무림맹은 저의 아니, 모두의 기대와 달리 반쪽짜리가 될 가능성이 매우 높습니다."

검노가 그건 또 정말 예상하지 못한 상황이라는 듯 매우 이채로운 눈빛을 드러내며 물었다.

"어째서 그리 생각하시오?"

설무백은 어디까지나 차분하게 알고 사연을 말해 주었다.

"아마 흑도가 나서지 않을 겁니다. 흑도의 거두들은 흑도가 주도하는 무림맹을 만들고 싶어 하니까요."

사실 만들고 싶어 하는 것이 아니라 곧 실제로 만든다.

설무백은 그 이름까지도 이미 알고 있었다.

흑도천상회(黑島天上會)였다.

아직 시기적으로는 언제일지 모르겠으나, 그래서 무림맹은 정도무림맹(正道武林盟)이 되어 버리고, 흑도는 흑도천상회로 뭉치게 되어 있었다.

남북으로 갈라져서 싸우던 강호 무림이 이번에는 다시 흑백 양도로 갈라져서 대립하게 되는 것이다.

지금으로서는 그 시기가 어느 정도나 유지될지 전혀 감조차 잡을 수 없지만, 설무백이 아는 그 시기는 매우 짧았다.

암천의 그림자들이 본격적으로 활보하는 환란의 시기와 맞물렸기 때문인데, 분하게도 그 시기에 그가 죽었었다.

'과연 하루가 다르게 급변하는 작금의 강호 무림에서는 어떨까?'

문득 떠오른 상념에 빠져 버린 설무백을 칼칼한 검노의 목소리가 건져 올렸다.

"더 듣기가 겁나는 얘기구려."

검노는 정말 더는 듣고 싶지 않다는 표정을 지으면서도 입으로는 다음 얘기를 재촉했다.

"그럼 그 이후의 강호 무림은 어떻게 되는 것이오?"

설무백은 무심하게 어깨를 으쓱했다.

"그건 저도 모릅니다. 그러니 이렇게 애쓰고 있는 것 아니겠습니까."

"그렇군요. 알겠습니다."

검노가 이제야 무슨 말인지 알겠다는 듯 다부지게 고개를 끄덕이며 확인했다.

"결국 지금 우리가 해야 할 일은 저들의 본거지를 찾아서 소탕하는 것이 아니라, 저들이 우리의 존재를 모르게, 적어도 최대한 늦게 알게 해야 한다는 거군요. 맞습니까?"

정확한 얘기였다.

설무백은 웃는 낯으로 고개를 끄덕이며 검노만이 아니라 장내의 모두가 들을 수 있도록 목소리에 힘을 주어서 말했다.

"내가 가끔 농담처럼 말했을 거야. 우리 적은 천하의 모두가 될 수도 있다고. 그거 농담 아냐. 진짜 그럴 수 있어. 그래서 내가 늘 강해지라고 말하는 거야. 우리는 일당백(一當百)이 아니라 일당천(一當千)이 되어야 하니까."

장내가 뜨거운 열기로 가득 찼다.

혈기라면 혈기였고, 충심이라면 충심이었다.

설무백의 말을 듣자 장내의 모두가 너나 할 것 없이 온몸의 피가 끓어오르는 것처럼 뜨거운 열기를 토하고 있었다.

검노가 대뜸 나서서 그들의 열기에 찬물을 끼얹었다.

"아서라. 아무리 그래도 이번 일은 아무나 나설 수 있는 일이 아니다. 최소한의 시간 내에 완전무결한 제거와 마무리를 요하는 일이니만큼 최정예를 구성해야 한다. 아니 그렇소, 주인?"

설무백을 쳐다보며 누런 이를 드러내는 검노의 눈빛은 매우 뜨거웠다.

마땅히 자신은 나설 거라는 강렬한 의지가 내포되어 있는 눈빛이었다.

그러나 설무백은 그런 검노의 의지를 매정하게 외면했다.

"검노와 쌍노는 우리 풍잔의 구심점입니다. 제가 세 분에게 태상호법(太上護法)과 흑백무상(黑白無常)이라는 지위를 준 것은 그만큼 책임을 더해 달라는 바람이니, 부디 당분간은 다른 생각 마시고 식구들 좀 챙겨 주세요. 새로운 식구들도 신경 써 주시고요."

설무백은 이번에 돌아와서 검노에게는 태상호법의 지위를, 쌍노에게는 흑무상(黑無常)과 백무상(白無常)이라는 지위를 주었다. 그리고 그것은 그들이 보다 더 풍잔의 식구들을 돌봐주기를 바라는 마음에서 내린 결정이었다.

검노가 반론의 여지가 없다는 듯 힘없이 고개를 숙였다.

혹시나 하며 기대에 찬 기색이던 환사와 천월의 눈빛도 한 풀 꺾여서 빛이 바랬다.

대신에 다른 요인들의 눈빛이 초롱초롱한 빛을 발하기 시작했다.

다들 그동안 내색을 삼갔을 뿐, 설무백과 함께하는 강호행을 적잖게 고대한 모양이었다.

설무백은 이런 상황은 또 처음이라 일순 당황하고, 생각도 많아졌으나, 일단 세부적인 사항은 나중에 따져 보기로 하고 애초의 생각대로 인원을 선발했다.

"요즘 같은 시기에 다수의 인원이 움직이는 것은 좋지 않다. 해서, 예노와 풍사, 화사 그리고 광풍대의 일조만을 추가로 데려가겠다."

추가로 데려가겠다는 말은 당연히 기존의 공야무륵과 혈영 등은 같이 간다는 뜻이었다.

장내에 희비가 엇갈렸다.

다만 이의를 제기하거나 반감을 드러내는 사람은 없었다.

모두가 수긍하는 분위기였다.

설무백의 선발이 서로 손발이 맞은 구성이라 모두를 납득시켰다.

이건 이번 일이 그만큼 정확하고 은밀함을 요구한다는 사실을 드러내는 것이기도 해서 더욱 그랬다.

그러나 정서부로 떠나기 위해서 모인 그들, 설무백 등을 마주한 벽인금마는 참으로 어처구니가 없다는 표정이었다.

그럴 수밖에 없었다.

광풍대의 일 개조라고 해 봤자 열한 명으로 구성되어 있으니, 정서부로 떠나는 설무백 등의 전 인원은 스물 명도 되지 않았다.

벽인금마의 입장에서는 참으로 어처구니가 없는 일이었다.

분명 정서부에 천사교의 십이신군 중 한 사람인 신안신군과 두 명의 백팔사도, 그리고 세 명의 초혼 사자와 무려 사십 명의 호교 사자가 있다고 밝혔는데, 고작 스물 명도 안 되는 인원으로 나선다고 하니 말이다.

'제정신인가?'

벽인금마는 하마터면 그 얘기를 설무백이 면전에다가 대고 말할 뻔했다.

그만큼 그는 기가 먹히고 어이가 없었다.

솔직히 말해서 그가 설무백에게 밝힌 인원도 사실은 진짜 인원의 절반밖에 안 되기 때문에 더욱 그랬다.

그는 애써 그런 내색을 삼가며 물었다.

묻고 싶지 않았으나, 묻지 않고 그냥 가면 그게 오히려 의심을 받을 것 같아서 던지는 질문이었다.

"이 인원이 다요?"

설무백이 무심하게 반문했다.

"왜? 적어 보이나?"

벽인금마는 진심으로야 아니라고, 충분한 인원이라고 발뺌하며 가식을 떨고 싶었지만, 역시나 의심을 받을까 봐서 솔직히 말했다.

"정서부에 신안신군 이하 오십 명에 달하는 인원이 있다고 말해 주었는데, 고작 이 정도 인원으로 상대할 생각을 하다니, 정말 놀라울 뿐이오."

설무백이 습관처럼 미온한 미소를 흘리며 불쑥 물었다.

"사실 지금 그런 말 하기 싫지?"

벽인금마는 뜨끔한 속내를 애써 드러내지 않으며 무심하게 설무백을 바라보았다.

"지금 무슨 말을 하는 거요?"

설무백이 미온하게 자리한 입가의 미소를 한결 더 짙게 드리우며 말했다.

"그래. 그냥 그렇게 모르는 척하고 어서 앞장이나 서. 괜히 피곤하게 일일이 대꾸하게 하지 말고."

벽인금마는 마치 자신의 속내를 모두 다 꿰뚫어 보는 것 같은 설무백의 태도에 가슴이 덜컥 내려앉은 기분을 느꼈다.

그러나 여기서 포기할 수는 없었다.

"대체 무슨 소린지…… 아무튼, 자신만만한 것을 보니 따로 출발하는 인원이 있는가 보구려. 알았소. 그만 가도록 합시다."

벽인금마는 사력을 다해서 내색을 삼가며 풍잔이 그에게 마련해 준 말에 올랐다.

지금은 아무리 무시를 당하고 욕을 먹어도 참고 넘겨야 했다.

그래야 놈들의 최후를 볼 수 있을 터였다.

당랑규선(螳螂窺蟬)이라, 이제 조금만 있으면 이 오만방자한 놈들은 매미를 노리는 사마귀 꼴이 되는 것이다.

바로 뒤에 까치가 노리고 있는 것을 모르는 사마귀 말이다.

'두고 보자, 이놈! 죽어 가는 네놈을 보며 통쾌하게 웃어 주마!'

벽인금마는 그 순간을 기대하며 참고 또 참으며 박차를 가했고, 예상대로 한 시진 후 신안신군 등이 거처로 정한 객잔이 저 멀리 보이는 정서부 외곽에 도착했다.

정확히는 정서부의 서문 밖에 자리한 부용객잔(芙蓉客棧)의 초입이었다.

그러나 안타깝게도 벽인금마는 설무백 등의 죽음을 보며 통
쾌하게 웃을 수 있는 기회를 얻지 못했다.

이유는 간단했다.

설무백은 그를 살려 둘 생각이 없었기 때문이다.

"역시 장소는 속이지 않았네."

"......?"

"물론 여기가 우리의 무덤이 될 거라고 생각한 짓일 테지만,
어쨌거나 찾아 헤맬 수고를 덜어 주었으니 최대한 고통 없이 죽
여 주마."

"......!"

벽인금마는 설무백이 대체 무슨 수작을 부리려고 이러나 싶
다가 뒤늦게 사태를 깨닫고는 기겁하며 마상에서 뛰어내렸다.

설무백의 손이 그런 그의 목을 그었다.

그의 손에는 아무런 병기도 들려 있지 않았고, 그래서 그냥
벽인금마를 놀리려고 목을 베는 시늉을 한 것처럼 보였다.

벽인금마도 당연히 그렇게 생각했다.

그래서 그는 부리나케 뒤돌아서 내달리며 작금의 사태를 신
안신군에게 알리려고 정신을 집중했다.

천사교의 백팔사도와 십이신군, 호교 사자들은 모종의 대법
을 통해서 얻은 영력(靈力)으로 인해 영적으로 연결할 수 있었기
때문이다.

천사교주가 그들에게 전수해 준 사령술(邪靈術)의 하나로, 전

음과는 또 다른 그들만의 전의(傳意)수법인 유계이전술(幽界理傳術)이 바로 그것이었다.

불문의 혜광심어(慧光心語)와도 유사한 영능력인 이 유계이전술은 내공이 없어도 펼칠 수 있고, 상대를 보지 않고도 자신의 의사를 전달할 수 있었는데, 그가 가진 역력이라면 저 멀리 부용객잔이 시야에 들어오는 지금의 위치에서 충분히 신안신군에게 자신의 의사를 전달할 수 있을 터였다.

그가 당랑규선이라는 고사를 떠올리며 설무백 등의 죽음을 장담한 이유는 바로 그와 같은 비장의 한 수가 자신에게 있었기 때문이다.

그러나 벽인금마는 그처럼 기대하고 고대하던 뜻을 이룰 수가 없었다.

어이없게도 철썩 같이 믿고 있던 유계이전술을 미처 펼치기도 전에 죽음이 찾아왔기 때문이다.

서걱-!

섬뜩한 소음과 뜨거운지 차가운지 가늠하기 어려운 느낌이 목을 선뜩하게 만들었다.

벽인금마는 그와 같은 느낌과 더불어 의지와 무관하게 옆으로 기울더니 이내 거꾸로 뒤집히는 시야로 머리가 떨어져서는 벼락 맞은 고목처럼 천천히 쓰러지는 자신의 몸뚱이를 바라볼 수 있게 되었다.

설무백이 허공에 휘저은 손짓은 그저 그를 놀리려는 시늉이 아니었다.

설무백은 호신강기의 범위를 크게 부풀려서 펼치거나 작게 응축시켜서 폭발력을 극대화한 다음에 쏘아 내는 탄강의 경지만이 아니라, 응축한 강기를 칼날처럼 벼려서 절삭력을 극대화시킨 강환(罡環)의 경지도 가능한 절대 고수였다.

벽인금마는 그 결과 목이 잘려서 머리가 떨어진 자신의 몸뚱이를 바라보며 죽음을 맞이했다.

벽인금마가 죽음을 맞이하기 무섭게 사도가 모습을 드러내 품에서 작은 호리병 하나를 꺼냈다.

왠지 모르게 그냥 좋은 느낌이 들지 않는 다갈색의 호리병이었다.

사도는 얇은 가죽재질의 천까지 덧대져서 단단하게 잠긴 그 호리병의 뚜껑을 조심스럽게 열어서 내용물인 액체를 벽인금마의 주검에 뿌렸다.

호리병의 색깔만큼이나 기분 나쁜 느낌이 드는 거무죽죽한 액체였다.

순간, 매캐하면서도 역한 냄새를 풍기는 연기가 피어나며 벽인금마의 주검이 녹기 시작했다.

설무백은 이제야 감을 잡았다.

"화골산(化骨散)?"

사도가 고개를 저었다.

"그보다 더 독한 화골연산(化骨煙散)입니다. 뼈조차 남기지 않는 독물이지요.”

화골산은 살을 녹여서 뼈만 남기는 극악한 독약이다.

주로 살인을 업으로 삼는 살수들이나 살인의 증거를 남기고 싶지 않은 살인마들이 증거인멸을 위한 수단으로 사용하는데, 지금 사도는 그보다 더 독한 약을 쓰고 있는 것이다.

그리고 과연 사도의 말 그대로였다.

벽인금마는 지독한 악취를 동반한 연기를 풍기며 녹아서 뼈조차 남기지 않고 누런 혈수로 변해 버렸다.

설무백은 물러나는 사도에게 물었다.

“쉽게 구할 수 있는 물건이 아닌데, 어디서 난 거야?”

사도가 대수롭지 않게 대답했다.

“쉽게 구할 수 있습니다. 혹시 몰라서 구해 두려고 반천오노 (反天五老)에게 부탁했더니, 그 자리에서 뚝딱 만들어 주던걸요? 필요하면 얼마든지 더 얘기하라고 하면서요.”

반천오노는 반천오객의 다른 호칭이었다.

설무백이 외모와 달리 고령인 반천오객을 생각해서 그렇게 부르기 시작하자, 이제는 풍잔의 식구들도 다들 그렇게 부르고 있었다.

“아……!”

설무백은 대번에 납득했다.

반천오노의 진정한 신분을 깜빡 잊고 있었다.

천하 사대 독문의 하나이자, 묘강(지금의 월남, 태국, 미얀마 지방을 통틀어 일컫는 말)의 전설적인 독문인 오독문의 오대 장로가 바로 반천오노의 진정한 신분이었다.

반천오노의 능력이라면 이 화골연산보다 더한 독을 만드는 것도 그리 어려운 일이 아닐 터였다.

'그나저나 너무 늦는 거 아닌가……?'

설무백은 반천오노를 생각하자 본의 아니게 걱정하는 마음이 들었다.

반천오노는 그의 지시에 따라 묘강 오독문으로 떠났다.

지난번 그가 모용세가를 방문하기 위해서 나설 때 같이 나섰으니, 시간상으로 돌아와도 벌써 돌아왔어야 하는데 아무런 연락도 없이 아직까지 돌아오지 않고 있었다.

무소식이 희소식이라는 말이 있긴 하나, 작금의 세상이 워낙 어수선하다 보니, 걱정이 되지 않을 수가 없었다.

'설마 무슨 일이 있으려고…….'

설무백이 애써 샛길로 빠진 생각을 이내 접으며 현실로 돌아와서 어둠에 싸인 부용객잔을 살펴보았다.

부용객잔의 모습은 그가 혹은 풍잔의 누군가가 남긴 흔적을 쫓아서 감숙으로 넘어온 신안신군이 왜 이곳을 거처로 삼았는지를 여실히 드러내고 있었다.

인가가 없는 외딴 지역이었고, 관도에서 멀찍이 떨어진 으쓱한 산비탈로 들어선 장소인데다가, 기본적으로 산장처럼 비탈길에 기댄 건물의 외향이 낡고 허름해서 당장이라도 귀신이 튀어나올 것 같은 모습이었다.

사전에 알고서는 절대 오지 않을 곳이고, 우연찮게 와서 머물었던 사람도 두 번 다시는 찾지 않을 것 같은 귀곡산장(鬼谷山莊)으로 보였던 것이다.

'누가 이런 곳에 객잔을……?'

설무백은 불쑥 그런 의문이 들었다. 그리고 이내 그 답을 스스로 찾아냈다.

'놈들이 만들어 놓은 비밀 소굴이라는 건가?'

아무래도 그런 것 같았다.

지금이 제아무리 늦은 시간이라도 그렇지, 여기저기 드문드문 걸어 놓은 등불만 보일 뿐, 사람의 모습은 눈을 씻고 봐도 보이지 않았다.

그렇다고 사람의 기척이 없는 것은 아니었다.

사람의 기척은 있었다.

그것도 아주 많았다.

대략 가늠해도 벽인금마가 언급한 오십여 명의 배에 해당하는 백여 명이나 되었다.

벽인금마가 그들을 함정에 빠트리기 위해서 속였다고 보면 딱 맞아떨어지는 인원이었다.

그런데 설무백만 그렇게 판단한 것이 아니었다.

일행 모두가 다 같은 생각을 하고 있었다.

"아무래도 평범한 객잔으로는 안 보이네요."

예충이 물꼬를 트자, 풍사가 직접적으로 말했다.

"놈들의 비밀 소굴 같네요."

공야무륵이 다른 얘기로 결국 자신도 같은 생각을 했다는 것을 드러내며 웃었다.

"좋아졌네요. 가리지 않고 손을 써도 되니까."

설무백도 같은 생각이었다.

마음을 다잡은 그는 타고 온 말들을 한쪽에 몰아놓고 돌아온 광풍의 일조의 수장인 광풍이랑 청면수를 향해 말했다.

"섬멸 작전이다. 기억하지?"

청면수가 갑자기 시큰둥해진 표정으로 바뀌어서 길게 한숨을 내쉬었다.

"당연히 기억하죠. 과거, 주군을 모시고 무저갱 주변을 돌며 가장 많이 한 작전인데, 어찌 기억을 못하겠습니까."

"그런데 표정이 왜 그래?"

"너무 뻔히 눈에 보이는 것이 있어서 그렇죠."

"뭐가 보이는데?"

"그물요."

정확한 예상이었다.

설무백은 청면수를 위시한 광풍대의 일조로 하여금 부용객잔을 그물처럼 포위하도록 해서 만에 하나라도 도주하려는 자를 차단하려는 것이다.

기실 그게 바로 과거 무저갱 시절의 그와 그가 이끌던 광풍대원들이 황궁에서 보낸 간자의 무리를 처리할 때 자주 쓰던 섬멸 작전인데, 청면수가 그걸 잊지 않고 있음은 물론, 자신들에게 주어질 임무까지 정확히 파악하고 아쉬워하는 것이었다.

설무백은 픽 웃으며 청면수의 어깨를 툭 쳤다.

"그물 잘 쳐. 우리가 놓치는 놈이 있을 수도 있으니까."

청면수가 슬며시 설무백과 공야무륵, 풍사 등의 면면을 천천히 둘러보고는 자못 무색해진 표정으로 한숨을 내쉬었다.

"임무의 중요성은 뼈저리게 느껴지네요. 주군과 여기 있는 이분들이 놓친 자라면 우리는 목숨을 걸어야 할 테니까요."

"그래서 싫어?"

"싫기는요. 주군의 얘기를 듣고 나니까 조금 면이 선다는 얘기죠."

청면수는 피식 웃으며 광풍대원들을 향해 말했다.

"다들 들었지?"

고개를 끄덕이는 것으로 대답을 대신한 열 명의 광풍대원들이 일사불란하게 반으로 인원을 나누어서 좌우로 흩어졌다.

청면수가 그제야 설무백을 향해 공수하고 그들의 뒤를 따라갔다.

설무백은 그들의 모습이 시야에서 사라질 때까지 기다렸다가 말했다.

"다들 명심해. 오늘 저기 부용객잔에서 우리 식구들 말고 살아서 나오는 사람이 있으면 안 되는 거야. 알겠지?"

대답은 없었다.

대신 살기가 비등해졌다.

설무백은 느긋하게 발걸음을 내딛어서 그처럼 비등한 살기를 이끌고 어둠을 헤치며 부용객잔으로 다가갔다.

그리고 어둠 속에서 전방과 후방에 각기 크고 작은 세 개의 전각이 자리한 부용객잔의 전경이 확연한 모습으로 드러나자, 짧게 명령했다.

"시작!"

예충과 풍사, 공야무륵 등, 십여 개의 그림자가 시위를 떠난 화살처럼 앞으로 쏘아졌다.

전광석화가 따로 없었다.

혹시 있을지도 모를 적의 반격에 대비해 거의 땅바닥에 달라붙다시피 낮은 자세로 나아가고 있음에도 그들의 신형은 하나같이 희끗거리는 잔영만을 남기며 순식간에 부용객잔으로 접근했다.

설무백은 그제야 앞으로 나아갔다.

느리게 보이지는 않지만 그렇다고 빠르게 보이지도 않는 그의 한 걸음이 부용객잔의 담을 넘어섰다.

때를 같이 해서.

"누구냐?"

"웬 놈이야?"

"적이다!"

부용객잔의 사방에서 경호성이 터지고, 기습을 포착한 듯 칼을 들고 뛰쳐나오는 자들이 있었다.

팔 척의 거구인 위지건이 멧돼지처럼 돌진했다.

공야무륵과 풍사가 좌우로 흩어지고, 전에 없이 신중한 모습인 화사가 그 뒤를 따르며 살수를 펼치기 시작했다.

"컥!"

"으악!"

"크아아악!"

단말마의 비명이 꼬리를 물고 이어졌다.

허공에 뿌려지는 핏물과 조각난 살점이 달빛을 가린 구름 아래 드리워진 어둠을 더욱 짙게 만들었다.

선잠에서 깨어나서 부리나케 밖으로 나선 듯 부실한 복장인 적들은 정면으로 돌격한 예충과 풍사, 위지건, 공야무륵, 화사 등에 집중하고 있었으나, 실제 사망자는 그들의 뒤에서 더 많이 나오고 있었다.

암중의 혈영과 흑영, 백영, 사도가 그들의 정면이 아니라 뒤를 노리고 있었기 때문이다.

사전에 계획된 작전이 아니었다.

그냥 그게 그들의 장기였기 때문에 그랬던 것뿐이었다.

그런데 그들은 공격은 사전에 치밀하게 계획된 것처럼 엄청난 효과를 보고 있었다.

적들의 이목이 전방의 네 사람에게 집중되고 있는 까닭이었다.

늑대의 습격을 받은 양떼처럼 적들은 흩어지고, 속절없이 피를 뿜으며 쓰러지고 있었다.

어디에서 오는 공격인지 모르는 적들은 그야말로 우왕좌왕하다가 쓰러지는 것이 고작이었다.

그러나 가장 눈에 띄는 것은 전방에서 엄청난 신위를 발휘하는 풍사 등 네 사람도 아니고, 탁월한 자객술로 적들의 후미를 교란하며 속절없이 무너트리고 있는 혈영 등도 아니었다.

풍사 등 네 사람의 뒤에 붙어 있는 화사였다.

화사는 여유롭고 태연하게 손을 놀리고 있었으나, 그녀가 한 번 손을 휘두를 때마다 백색의 섬광과 함께 소리 없는 벼락이 떨어지며 어김없이 하나의 머리가 허공으로 떠올랐다.

백색의 섬광과 소리 없는 벼락의 조화로 인해 잔혹해 보여야 마땅할 그 모습이 너무나도 신비롭게 보이며 적들의 시선을 사로잡고 있었다.

그리고 그건 또 그것대로 공야무륵과 혈영 등을 돕는 역할로 작용했다.

잠결에 밖으로 뛰쳐나오는 적들이 그 광경에 눈이 멀어서 제대로 힘을 쓰지 못한 채 무참히 도살당하고 있었다.

그 때문이었다.

설무백은 본의 아니게 전장에 뛰어들지도 못한 채 손을 쉬며 관망하는 입장이 되었다.

천외천의
주인

그런데 그처럼 자신의 의지와 무관하게 나서지 못하는 사람이 하나 더 있었다.

고도의 은신술로 그의 그림자 속에 녹아들어가 있는 요미가 바로 그 하나였다.

"너는 왜 그러고 있어?"

설무백이 묻자, 요미가 잠시 뜸을 들였다가 대답했다.

"……나는 뭐 이러고 싶어서 이러는 줄 아세요. 혈영 각주가 오빠 곁에서 한 발작이라도 떨어지면 두 번 다시 안 데리고 다닌다니 어쩔 수 없다고요. 이 악물고 참아야지."

요미는 정말 이 악물고 참는 것 같았다.

목소리가 어금니를 악문 목소리였다.

설무백은 자신이 나서지 않아도 되는 장내의 정황을 새삼 살피고 나서 특유의 미온한 미소를 지으며 물었다.

"심심해?"

요미가 키득 웃었다.

"조금 그렇긴 하지만 나쁘진 않아요. 오빠랑 같이 있잖아. 히히……!"

"그래도 여기까지 와서 심심하면 안 되지. 심심하지 않게 해줄 테니까, 잘 따라와라."

설무백은 말을 끝맺음과 동시에 지상을 박차고 날아올라서 부용객잔을 구성하는 전방의 전각을 뛰어넘었다.

파박—!

전각의 지붕을 지나는 시점에 지붕을 뚫고 나온 세 개의 칼날이 있었다.

설무백은 별반 어렵지 않게 그 칼날들을 피하며 순식간에 손을 휘둘러서 그 칼날의 주인들을 베어 넘겼다.

"크아악!"

찢어지는 단말마의 비명이 터지며, 언제 어느 순간에 설무백의 손에 들렸는지 모를 환검 백아가 붉은 피를 흩뿌렸다.

설무백은 검극이 어디를 베든지 간에 이미 검극에서 전해지는 감촉만으로도 상대의 생사를 가늠할 수 있는 경지에 올라 있었다.

그래서 상대가 즉사임을 느꼈기에 확인의 칼질 없이 그대로 두 번째 전각의 지붕까지 가로질렀다.

날아갈 것같이 휘어진 처마, 뱀처럼 이어진 두 개의 지붕들이 그의 발아래로 달리고 있었다.

"치……!"

요미의 혓소리가 뒤에서 들려왔다.

자신이 나설 사이도 없이 적을 해치워 버린 설무백의 빠른 손 속을 보고 분해하는 모양이었다.

어찌 저리들 지고는 못 사는 것인지.

생각을 하다가 설무백은 자신의 과거도 별반 다르지 않았다는 것을 떠올리며 내심 고소를 금치 못했다.

그런 그의 눈에 불이 밝혀진 세 번째 전각의 창문이 들어왔다.

설무백은 멈추지 않고 눈에 들어온 세 번째 전각의 상층부를 파고들었다.

와장창-!

절로 발동한 설무백의 호신강기가 전각의 창문을 박살 냈다.

그렇게 들어간 전각의 상층부에는 역시나 그의 예상대로 적의 수뇌로 보이는 자를, 바로 신안신군으로 짐작되는 노인이 있었다.

그는 절로 미소를 지으며 물었다.

"노인네가 신안신군인가?"

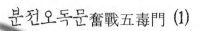

분젼오독문奮戰五毒門 (1)

풍성한 백발을 마치 사자의 갈기처럼 흐드러지게 늘어트린 벽안(碧眼)의 노인이었다.

서역 출신인 것일까?

아니면 특별한 기공을 습득해서 변화한 것일까?

이유야 어쨌든 백발노인의 벽안은 쉽게 접할 수 없는 이질적인 느낌을 주어서 설무백을 묘하게 사로잡았다.

설무백이 창문을 깨부수며 전각의 상층부로 들어서자마자 눈에 들어온 백발의 벽안노인이 신안신군이라고 단정한 이유가 그 때문이었다.

다만 설무백은 신안신군으로 보이는 그 벽안의 노인만 주시하고 있었으나, 그 주변에는 다른 사람들도 있었다.

정확히는 네 명의 사내와 한 명의 여인이었다.

그중 두 사내가 설무백을 노리고 본능처럼 빠르게 쇄도해 들었다.

설무백이 창문을 깨부수며 전각의 내부로 들어선 직후에 벌어진 일이었다.

설무백은 쇄도하는 두 사내를 확인하며 갈고리처럼 오므린 한손을 앞으로 내밀었다.

천광석화처럼 빠른 두 사내의 쇄도가 그의 눈에는 그 정도의 여유가 있었다.

화륵-!

설무백이 앞으로 내민 손에서 강한 기류가 일어났다.

무섭게 쇄도하던 두 사내가 막강한 그 기류 속에 막혀서 허공에 뜬 채 허둥지둥했다.

강한 기류를 일으켜서 두 사내를 막은 설무백의 갈고리 모양의 손이 그 순간에 빠르게 오므려졌다.

순간!

치리릿-!

섬뜩한 느낌을 주는 예리한 바람 소리가 들렸다.

동시에 허공에 떠서 허둥대던 두 사내의 머리가, 몸통이, 두 다리와 두 팔이 매끄러운 단면을 드러내며 잘려져 나갔다.

설무백의 손으로 일으킨 막강한 기류를 응축하고 예리하게 벼려서 두 사내의 몸을 베어 버린 것이다.

후두두둑─!

뒤늦게 쏟아진 핏물이 사방으로 튀고, 사내들의 조각난 육신이 바닥으로 떨어졌다.

설무백을 노린 두 사내가 그야말로 어처구니없이 압도적인 힘 앞에 죽어 버린 것이다.

그때!

획─!

설무백의 귓전으로 바람 소리가 들렸다.

시야에 들어온 것은 아무것도 없었으나, 그는 그것이 적의 반격임을 직감했다.

생각과 동시에 반응한 그의 몸이 측면으로 기울어졌다.

그의 손에 들린 환검 백아가 뿌린 포악한 살기가 푸른 번개로 허공을 가로지른 것도 그와 동시였다.

"컥!"

"크악!"

찢어지는 단말마의 비명이 이어지고, 환검 백아가 허공에 수놓은 푸른 번개 사이로 가슴이 갈라져서 피를 뿌리는 두 명의 사내가 모습을 드러냈다.

방금 전까지 벽안노인의 곁에 서 있던 두 사내였다.

시선이 따라갈 수 없을 정도로 빠른 신법을 구사해서 공격에 나선 그들이 설무백의 전광석화 같은 반격에 저마다 가슴에 베어져서 피를 쏟아 내고 있는 것이었다.

벽안노인의 안색이 변했다.

설무백이 장내로 들어선 이후에 그가 처음으로 드러낸 감정의 변화였다.

놀라움 혹은 감탄이었다.

벽안노인, 설무백의 예상과 일치하는 십이신군의 하나, 신안신군은 그럴 수밖에 없었다.

방금 설무백의 손에 이승을 하직한 네 명의 사내는 천사교의 정예들 중에서도 정예로 꼽히는 초혼 사자들이었다.

두 명의 초혼 사자가 합공하면 작금의 강호에서 내로라하는 명숙들을 상대할 수 있다는 것이 그들에 대한 평가라고 보면, 네 명의 초혼 사자를 거의 일거에 해치운 설무백의 무위는 가히 초특급의 반열로 보지 않을 수 없었다.

그러나 정작 당사자인 설무백은 별다른 생각이 없었다.

그저 마냥 천사교의 십이신군의 능력을 몸소 확인해 보고 싶을 뿐이었다.

이유가 있었다.

천사교의 초혼 사자는 그의 기억 속에 있는 암천의 그림자들과 비교해서 적잖게 약했다.

그래서 십이신군의 능력을 봐야 했다.

기억 속에 있는 암천의 그림자들과 비교해 보려면 직접 몸으로 체험해야 하는 것이다.

그러나 사실 그건 명백한 그의 잘못된 생각, 오판이었다.

천하천의
주인

지금 그와 전생의 그는 모든 면에서 차이가 있었다.

천양지차(天壤之差)라고까지는 말할 수는 없지만, 적어도 어른과 아이의 차이는 되었다.

지금 그는 그와 같은 차이로 인한 시야를 전혀 고려하지 않고 있었다. 평소와 달리 저돌적인 그의 태도 역시도 바로 그 때문이었다.

그는 지체 없이 수중의 검을 뻗어 내며 신안신군을 공격해 들어갔다.

"어딜……!"

신안신군이 막무가내로 공격하는 그의 태도에 화가 난 듯 두 눈을 가늘게 좁히며 마주 쌍수를 내밀었다.

그의 쌍수에서 막강한 기류가 일어났다.

설무백이 뻗어 내던 환검 백아가 그 기류에 막혔다.

그때였다.

백아의 진로가 막히는 것을 느낀 설무백이 가일층 내력을 끌어 올리는 순간, 가늘게 좁혀져 있던 신안신군의 두 눈이 번쩍 크게 떠졌다.

일순 설무백은 벼락처럼 강렬한 벽안의 광체가 두 눈을 찌르는 것 같은 기분을 느꼈다.

순간적으로 눈을 깜빡인 것 같기도 했다.

다음 순간, 사방이 칠흑 같이 어두워졌다가 이내 회색으로 물들었다.

한치 앞도 보지지 않는 캄캄한 어둠 속에 잠겨 있다가 느닷없이 밝은 곳으로 빠져나왔을 때 겪는 현상과도 같은 기분이었다.

"......?"

설무백은 무언가 예사롭지 않은 느낌을 받으며 본능적으로 전신의 공력을 끌어 올렸다.

삽시간에 그의 전신 피부가 거무튀튀한 빛깔로 채색되며 아지랑이처럼 흔들리는 투명한 구체 속에 자리했다.

극의를 성취한 천기혼원공으로 극대화된 철마지체, 이른바 철마신의 경지와 역시나 천기혼원공을 기반으로 대성을 이룬 낭왕 이서문의 최강 신공인 불사마화강이 동시에 운용된 모습이었다.

그러고 싶어서 그런 것이 아니었다.

평소와 다른 위기의식 속에서 내공을 운기하자 절로 그와 같은 이중의 보호막이 형성되어 버렸다.

설무백은 스스로 생각해도 너무 과하다 싶은 자신의 본능적인 반응에 내심 고소를 금치 못하며 천천히 주변을 둘러보았다.

놀랍게도 장내가 변해 버렸다.

무슨 조화 속인지는 모르겠으나, 지금 그는 진회색으로 자욱한 안개 속에 홀로 서 있었다.

아무리 살펴봐도 전각의 내부가 아니었다.

안개가 짙은 거대한 초원에 혼자 덩그러니 서 있는 것이었다.

'환술?'

설무백의 판단이 옳았다.

어디선가 들려온 요미의 목소리가 그것을 알려 주었다.

"밀교(密教)의 환술이에요! 어서 빠져나오세요! 빠르게 위치를 바꾸면 거기서 빠져나올 수 있어요!"

그때 어디선가 신안신군의 비웃음이 들려왔다.

"노부의 신술(神術)을 밀교의 허접한 수법에 비교하다니, 참으로 어이가 없구나! 어림없다 이놈! 네놈은 이미 노부의 심상(心想)에 들어왔으니, 진기가 고갈되어 뼈가 썩어 문드러지기 전까지는 절대 빠져나갈 수 없다!"

신안신군의 목소리는 사방팔방에서 들려오고 있었다.

벌레의 더듬이보다도 더 예민한 설무백의 감각으로도 도저히 방향과 위치를 가늠할 수가 없었다.

설무백이 어쩔 수 없이 포기하고 다른 방법을 모색하려는데, 냉소를 날리며 말하는 요미의 목소리가 들려왔다.

"늙은이가 사람 도발하는 재주 하나는 기가 막히네. 좋아, 그래. 늙은이 실력이 얼마나 하는지 내가 한번 봐주지. 오빠, 그대로 가만히 있어요. 내가 저 늙은이를 해치우면 심상이 아니라 심상 할아비 곁에 있어도 환술은 깨지게 되어 있으니까!"

설무백은 기분이 묘했다.

흥미롭기도 하고, 조금 긴장되기도 하는 상황이었다.

그도 그럴 것이, 지금 그는 안개가 자욱하게 낀 평야에 홀로 서 있는데, 사방팔방에서 신안신군과 요미의 목소리가 들려오고 있었다.

이건 완벽한 환술이었고, 그래서 참으로 뭐라 형용하기 어려운 기분에 사로잡혀 버렸다.

이와 같은 환술은, 정확히는 중원에서 밀교나 배교의 수법으로 대변되는 방술(方術)과 법술(法術), 기환술(奇幻術), 장안술(障眼術) 등을 포함한 모든 사공이학(邪功異學)과 좌도방문(左道傍門)은 암천의 그림자들과 떼려야 뗄 수 없을 정도로 밀접한 관계가 있었기 때문이다.

이제야 확실해졌다.

놈들이었다.

틀림없었다.

실력의 차이가 혹은 왠지 모를 기시감이 느껴지는 것은 아마도 그때와 지금의 시간이 다르기 때문일 것이다.

'암천이다!'

설무백은 전생에 경험했던 암천의 그림자에 대한 기억이 순식간에 눈앞을 스치고 지나가는 것을 느끼며 마음을 다잡았다.

이건 요미에게 넘길 문제가 아니었다.

이건 다른 누구의 도움이 아닌 스스로의 능력으로 헤쳐 나가야 하는 상황이었다.

그런 그의 마음을 알 길이 없는 요미가 신안신군을 비웃으며 말했다.

"자연의 생기를 받아들여서 공간을 다루는 풍수(風水)의 법과 풍토(風土)의 법을 적절히 섞어서 변형했군. 지형지물과 바람을 활용해서 새로운 공간을 창출한 거야."

요미의 목소리가 매우 숨차 있었다.

아마도 지금 말하는 신안신군이 펼친 술법의 묘리를 밝혀내느라 빠르게 주변을 헤매는 것 같았는데, 묘리를 파악했다면 깨트리는 것도 그리 어렵지 않을 것이다.

과연 곧바로 득의한 그녀의 목소리가 이어졌다.

"하지만 제아무리 사전에 위치를 정리했다고 해도 고정되어 있는 사물로 살아 움직이는 자연의 생기를 대신할 수는 없지. 기본 원리는 가져올 수 있을지 몰라도 자연이 주는 음양오행과 상생과 상극의 묘리까지 가져올 수는 없으니까."

사방팔방에서 들려오는 요미의 목소리에는 확실하게 파훼법을 찾은 듯 자신감이 실려 있었다.

설무백은 그것으로 되었다고 생각하며 말했다.

"요미, 나서지 말고 물러나라!"

"......!"

요미가 느닷없는 그의 지시해 말문이 막힌 듯 아무런 대답을 하지 않았다.

설무백은 그녀의 위치가 어딘지는 몰라도 분명 지근거리에 있다는 느낌이 들어 나직하나 준엄한 목소리로 다그쳤다.

"요미, 물러나라!"

"치……!"

요미가 혀를 차며 물러났다.

순간, 놀리는 듯한 신안신군의 목소리가 들려왔다.

"어린 계집의 설명이 제법 그럴 듯하게 들렸을 텐데, 그냥 도움을 받지, 왜 내친 거지?"

설무백은 대수롭지 않게 대꾸했다.

"제법 그럴 듯한 것이 아니라, 제대로 핵심을 파악한 것 같던데, 아닌가?"

신안신군이 기만인지 아닌지 모르게 말을 비꼬았다.

"그렇게 생각하면 그냥 저 어린 계집에게 맡기지 그래?"

설무백은 쓸데없는 실랑이를 하기 싫어서 그냥 어깨를 으쓱이며 고개를 저었다.

"내가 내 일을 남에게 미루는 건 싫어하는 성미라서 그래."

신안신군이 비웃었다.

"재미있는 놈이군. 그럼 어디 한번 볼까? 이미 노부의 심상에 들어선 네놈이 대체 무엇을 할 수 있는지 정말 궁금하군."

신안신군의 말이 끝나기도 전에 설무백의 전면, 희뿌연 안개 속에서 살기가 비등하더니, 이내 수백 아니, 수천 개의 칼날이 나타났다.

신안신군이 말했다.

"뒤쪽도 좀 확인해 주게나."

설무백은 대수롭지 않게 시키는 대로 고개를 돌려서 뒤쪽을 확인했다.

수천 개의 칼날이 거기도 있었다.

신안신군이 음충맞게 웃으며 놀렸다.

"흐흐, 막을 수 있겠나?"

설무백은 태연하게 두 팔을 펼치며 대꾸했다.

"그냥 확인해 보면 되지 뭘 물어봐?"

"......!"

신안신군이 분노한 것 같았다.

사방팔방에서 비등하는 살기가 느껴졌다.

"오냐 그래. 죽고 싶다니, 죽여 주마!"

씹어뱉는 듯한 신안신군의 목소리와 동시에 설무백의 전방과 후방에 떠 있던 수천 개의 칼날이 일제히 시위를 떠난 화살처럼 쏘아졌다.

최아아악-!

엄청난 파공음이 고막을 때렸다.

때를 같이 해서 폭음과도 같은 거친 쇳소리가 동시다발적으로 터졌다.

까가가가강-!

순간, 설무백의 전신이 빛의 덩어리로 변했다.

전방과 후방에서 날아온 수천 개의 칼날이 그의 신형 한 치

앞에서 불꽃으로 산화하며 일어난 장관이었다.

설무백은 눈부신 그 빛의 덩어리 속에서 신안신군을 도발했다.

"아무래도 이것만 가지고는 안 될 것 같은데, 조금 더 강력한 거 없나?"

눈부신 불꽃이 소멸되며 설무백의 모습이 드러났다.

끊임없이 쏘아지던 수천 개의 칼날이 한순간에 거짓말처럼 사라진 결과였다.

대신에 설무백의 주변이 낭떠러지로 변해 있었다.

설무백이 조금만 움직여도 그대로 추락해서 죽을 수밖에 없는 천 길 낭떠러지였다.

그러나 설무백은 아무렇지도 않게 웃으며 앞으로 나섰다. 그는 발밑에 아무것도 없는 허공에 두둥실 떠 있었다.

"이런 하찮은 눈속임 가지고는 안 돼. 차라리 아까처럼 독침을 날리는 것이 백 번 더 낫다."

조금 전에 설무백을 향해 날아왔던 칼날들은 사실 신안신군이 뿌린 독침이었다.

높은 경지의 환술은 상대가 눈으로 보는 모든 것을 진짜와 다름없이 느끼게 만드는 최면 효과를 가지고 있을 뿐만 아니라, 오감을 어지럽히는 현란한 환각 효과로 혼을 빼서 전혀 다른 물건으로 느끼게 할 수도 있었다.

그런데 설무백은 환각 효과에 빠지지 않고 날아오는 칼날이 사실은 독침이라는 것을 시선이 아닌 단지 느낌만으로 정확히 간파한 것이다.

"과연 한 수 재간은 있는 놈이구나."

"대신 내가 가진 그 한 수 재간을 당신은 절대 뚫지 못하잖아. 안 그래?"

"……."

잠시 침묵한 신안신군이 빠드득 이를 갈며 냉소를 날렸다.

"그래도 달라질 것은 없다! 자고로 술자의 심상에서 빠져나갈 수 있는 구멍은 없으니, 영영 그 속에서 헤매다가 진기의 고갈로 죽을 것이다!"

신안신군의 말과 동시에 설무백의 주변이 다시금 거짓말처럼 변화했다.

평야가 꿈틀거리며 일어나더니, 가파른 비탈로 이루어진 첩첩산중으로 바뀌었다.

설무백은 눈앞에 펼쳐진 능선을 훑어보며 신기하다는 웃으며 말했다.

"신기하긴 하네."

진심이었으나, 신안신군은 그 마음을 전혀 제대로 간파하지 못하며 조롱했다.

"허장성세(虛張聲勢)도 그 정도면 무기로 쓸 수 있겠다. 하지만 말아라. 내게는 통하지 않으니 헛수고 마라. 술(術)과 무(武)의 상생상극(相生相剋)의 원칙도 모르느냐? 술법을 모르는 자가 술법의 결계(結界) 벗어나는 것은 그보다 열 배의 힘을 가져도 가당치 않는 법이니라!"

"상생상극 좋아하네."

설무백은 코웃음을 치며 잘라 말했다.

"너의 논리대로라면 강호 무림은 진즉에 무인이 아니라 술자와 법사들의 세상이 되었어야지. 한데, 현실은 어떠냐?"

"……!"

"상생상극도 어차피 힘의 논리 중 하나일 뿐이라서 그런 거다. 수극화(水剋火)라 물이 불을 이긴다지만, 불도 불 나름이고 물도 물 나름이다. 큰 불은 작은 물에 꺼지지 않고, 오히려 열기만 더할 뿐이다."

"……!"

신안신군은 말문이 막힌 듯 아무런 대답도 내놓지 못한 채 침묵을 일관했다.

설무백은 대답을 기다리지 않고 급격히 전신의 내공을 끌어올리며 싸늘하게 경고했다.

"네게 더 보여 줄 재간이 없는 것 같으니까, 이제 내가 보여 주지. 어디 한번 막아 봐."

말을 하면서 천천히 가슴으로 당겨지던 그의 두 팔이 한순간 좌우로 활짝 펼쳐졌다.

순간, 천둥이 치고 벼락이 떨어졌다.

꽈광—!

엄청난 기류가, 사실은 설무백이 응축한 호신강기인 불사마화강이 사방으로 펼쳐지며 일어난 천둥과 벼락이었다.

　그리고 그 천둥과 벼락이 주변의 환경을 다시금 바꾸어 놓았다. 정확히는 환술에 빠진 설무백의 시야를 본래의 모습으로 돌려놓은 것이었다.

　와르르-!

　천장이 날아가고, 사방의 벽이 무너져 내리고 있었다.

　그게 순간적으로 세상의 풍경이 바뀌며 설무백의 시야로 들어온 현실의 모습이었다.

　그러나 설무백의 예리한 눈은 깨지고 무너지며 흙먼지와 파편이 어지럽게 날리는 그 풍경 속에서도 신안신군의 모습을 정확히 찾아냈다.

　신안신군이 저 멀리 날아가고 있었다.

　강기의 여파에 휩쓸린 것인지 아니면 다급하게 도주하는 것인지는 알 수 없으나, 그런 그의 입가로 흘러내리는 검붉은 핏물을 확인했다.

　설무백은 아무런 사전 동작도 없이 그대로 전광석화처럼 날아가서 신안신군의 목을 움켜잡고 지상으로 내려왔다.

　예충과 풍사, 공야무륵 등이 어느새 거기 지상에서 그를 기다리고 있었다.

　신안신군이 반항을 하지 않은 것은 아니었다.

　설무백이 낚아채는 순간, 그는 전혀 예상하지 못한 일이라서 그런지 반항할 생각을 못하고 속절없이 멱살을 잡혔으나 이내 상황을 파악하고 두 눈을 부라린 그는 한 손으로 멱살을 잡은 설무백의 손목을 후려치고, 다른 손으로 설무백의 복부를 찔렀다.

설무백은 그런 그의 반격을 손쉽게 막았다.

정확히는 아무것도 하지 않는 것으로 그의 반격을 무력화시켰다. 호신강기를 일으키지는 않았으나, 이미 그의 전신은 극대화된 철마지체로, 이른바 철마신의 경지로 들어선 상태였기 때문에 가능한 일이었다.

청록의 강기를 일으킨 상태로 칼날처럼 변해서 설무백의 손목을 후려친 신안신군의 손은 거친 쇳소리와 함께 푹 꺼지며 일그러졌으나, 그건 갈고리처럼 변해서 설무백의 복부를 노린 손에 비하면 약과였다.

설무백의 복부를 노린 손은 철벽을 후려친 갈고리처럼 다섯 손가락 모두가 볼썽사납게 부려져 나갔다.

즉, 신안신군은 반항하지 않은 것이 아니라 반항이 통하지 않은 것이었는데, 그렇게 두 손이 엉망으로 망가진 다음에는 반항할 방법도 없었거니와 반항할 엄두도 내지 못했다.

그의 반항이 마뜩찮았는지 멱살을 움켜잡고 있던 설무백의 손아귀에 강렬한 힘이 더해져 목이 졸리는 바람에 감히 반항은커녕 뭉그러지고 부려져 나간 두 손으로 설무백의 손목을 잡고 매달리는 데 급급해졌기 때문이다.

설무백은 그런 신안신군의 멱살을 잡고 한손에 대롱대롱 매단 채 지상으로 내려와서 바닥에 내팽개쳤다.

쿵-!

사정없이 바닥에 패대기쳐진 신안신군은 간신히 트인 숨통을 부여잡고 헉헉거렸다.

설무백은 그사이 주변을 둘러보았다.

외곽을 포외한 광풍이랑 청면수와 광풍대 일조의 인원을 제외하면 누가 하나 빠지지 않고 전원이 다 모여 있었다.

아니, 그 인원에 한 사람이 더 늘어 있었다.

한 명의 여인이었다.

설무백은 첫눈에 그녀를 알아보았다.

두려움에 젖은 눈빛으로 그를 바라보는 그녀는 앞서 수발을 드는 기녀처럼 신안신군의 곁에 앉아 있던 여인이었다.

"무너진 저 전각에서 뛰어나오기에 잡아 두었습니다."

예충의 보고였다.

설무백은 여인에게 시선을 고정하고 물었다.

"너는 누구고, 왜 이들과 함께 있었던 거냐?"

여인이 두려움에 겨운 듯 떨리는 목소리로 말을 더듬었다.

"그, 그게 제, 제가 끌려 와서 아니, 저, 저는 채, 채연(彩燕)이고, 나, 낙양(洛陽)의 백선루(白扇樓)의 기녀입니다. 저, 저들에게 끌려와서 저, 저기 저 노마의 시중을 들고 있었는데, 저만 끄, 끌려온 것은 아니고, 서너 명이 더 있었는데, 다, 다들 죽었습니다. 조, 조금이라도 서툴게 굴면 저, 저기 저 노마가 잔인하게…… 저만 간신히 목숨을 부지…… 흑흑……!"

두서없이 자신의 사연을 토로하던 여인은 끝내 두려움을 참지 못한 듯 혹은 지난 시간의 억울함과 아픔이 되살아난 듯 울음을 터트렸다.

가련해 보이는 모습이었다.

어지간히 목석인 사람도 동정하는 마음이 들어서 기분이 나른해지며, 절로 품에 지닌 은자를 꺼내서 손에 쥐여 주고 등을 토닥여 줄 것이 자명해 보였다.

그러나 설무백은 그렇게 보지 않았다.

애틋해진 눈초로 변해서 바라보는 다른 사람과 달리 그의 눈빛은 오히려 냉정해졌다.

다른 사람은 몰라도 그는 슬픈 기색을 가장한 그녀의 눈빛 아래 숨겨진 냉정함을 정확히 보았고, 가련하고 애틋한 모습이라는 가면에 가려진 그녀의 사특한 기운을 놓치지 않았다.

숨통이 트인 신안신군의 불안한 눈동자가 건네는 의혹은 그저 덤이었다.

그런데 그걸 느낀 사람이 그 말고도 한 사람 더 있었다.

"이상한 년인데?"

요미가 귀신처럼 그의 곁에 모습을 드러내서 자신을 채연이라고 밝힌 여인을 삐딱하게 바라보며 하는 말이었다.

"이제 보니 너구나!"

설무백은 요미의 말과 상관없이 순간적으로 손을 내밀어서 채연의 목덜미를 움켜잡았다. 어지간한 고수조차 뻔히 보면서도 피하지 못할 기묘한 손 속이었다.

"헉!"

속절없이 목을 제압당한 채연이 숨 막힌 얼굴로 그의 손에 매달렸다.

영락없이 아무런 능력도 없는 여인의 발버둥이었으나, 설무백은 더 이상 속지 않고 손아귀에 힘을 주며 그녀를 높이 쳐들었다.

"커억!"

허공으로 떠오른 채연이 숨이 막혀서 붉게 변한 얼굴로 두 발을 바동거렸다.

풍사를 비롯한 주변의 모두가 이해하지 못한 눈초리로 설무백을 바라보았다.

설무백은 그에 아랑곳하지 않고 냉정하게 채연을 바라보며 말했다.

"이대로 의미 없이 그냥 죽으래? 아니면 악담이든 독설이든 저주든 한마디라도 남길래?"

숨이 막혀 죽을 것처럼 고통스러워하던 채연이 정색하며 또렷해진 눈빛으로 설무백의 시선을 마주했다.

순간, 설무백의 시야에 들어온 장내의 모습이 순식간에 산에서 벌판으로, 다시 강에서 드넓은 초원으로 변화를 거듭했다.

그리고 그사이에 그가 손아귀에 움켜잡고 있는 채연의 모습이 징그럽고 흉한 뱀으로 변해서 꿈틀거리다가 다시 끔찍한 핏덩이로 흐물흐물 거리는가 싶더니 다시금 절로 토가 나올 정도로 끔찍하고 기괴한 요괴로 변해서 지독한 악취를 풍기며 꿈틀거렸다.

설무백은 아무렇지도 않게 그 모든 상황을 지켜보았고, 당연히 손아귀도 풀지 않았다.

그러자 한순간!

"끄으……!"

듣기 거북한 신음과 함께 설무백의 눈에 들어온 주변의 모든 사물이 본래의 모습으로 회귀했다.

설무백은 여전히 채연의 목덜미를 움켜잡고 있었고, 그녀는 괴로움에 신음하고 있었다.

방금 전과 조금 달라진 것이 있다면 묘령으로 보이던 그녀의 모습이 사이한 느낌을 주는 중년 미부로 바뀌었다는 사실 하나였다.

설무백은 같잖은 태도가 눈에 거슬려서 정말 불쾌하다는 표정으로 잠시 그녀를 노려보다가 이내 슬며시 손아귀의 힘을 느슨하게 풀며 말했다.

"실력도 형편없는 것이 성미만 고약하네. 네 눈에는 내가 그리도 모자란 하바리로 보이냐?"

자신을 낙양의 기녀 채연이라고 밝힌 여인이 숨통이 트여서 혈색을 되찾은 얼굴로 독살스럽게 설무백을 노려보며 물었다.

"내가 진짜 신안(神眼)임을 어떻게 알았느냐?"

그랬다.

앞서 신안신군이라고 생각한 벽안의 노인은 가짜 신안신군이었고, 사실은 자신을 낙양의 기녀라고 밝힌 채연이 바로 진짜 신안신군이었던 것이다.

설무백은 별것 아니라는 듯 대수롭지 않게 대답했다.

"술법을 위해서 영력을 쌓은 술자가 내공심법을 익혀서 내공까지 쌓은 고수가 되기란 하늘의 별을 따는 것만큼 어렵다는 상식 정도는 나도 아니까."

사실은 그게 다가 아니었다.

그것만으로는 그녀가 신안신군이라는 것을 밝혀낼 수 없었다.

궁지에 몰린 벽안노인이 생존 본능에 따라 무심결에 보기 드문 자신의 무공을 펼치는 바람에 가짜 신안신군임을 드러냈다고 쳐도, 그것도 그녀가 진짜 신안신군이라는 증거나 이유가 될 수는 없는 것이다.

일순, 발작적으로 고개를 돌려서 얼굴이 사색으로 변한 가짜 신안신군을, 바로 벽안노인을 노려보던 그녀가 뒤늦게 그것을 깨달은 듯 눈가에 경련을 일으키며 설무백을 바라보았다.

설무백은 그녀의 입이 열리기 전에 먼저 말했다.

"내가 소위 영력이라는 술자들의 경지를 꿰뚫어 볼 수 있는 눈을 가졌다면 믿겠나?"

신안신군이 대번에 부정했다.

"절대 그럴 리 없다!"

설무백은 어깨를 으쓱하며 말했다.

"내가 종종 우리 애들을 자각시키기 위해서 해 주는 말이 하나 있지. 개미는 자신의 여왕을 손가락 하나로 꾹 눌러서 죽일 수 있는 사람의 존재를 모른다고. 소위 우물 안 개구리라는 소리다."

"……!"

"내가 네 의문을 하나 풀어 주었으니, 공평하게 이제 너도 내의문 하나만 풀어 주라."

설무백은 믿을 수도 없고, 믿지 않을 수도 없다는 듯 불안하게 흔들리는 눈빛으로 자신을 바라보는 신안신군을 무시하며 냉정하게 물었다.

"천사교의 본거지가 어디냐?"

신안신군이 같잖다는 듯 코웃음을 치며 함구했다.

설무백은 그에 아랑곳하지 않고 재차 다른 질문을 던졌다.

"천사교의 배후는 누구냐?"

신안신군이 배시시 웃는 낯으로 설무백을 바라보았다.

네가 무슨 수를 써도 소용없다는 비웃음으로 보였다.

설무백은 그럴 줄 알았다는 묵묵히 고개를 끄덕이며 모습을 드러내고 있던 요미에게 시선을 주었다.

요미가 그의 눈빛에 담긴 의미를 간파하고는 곤혹스러운 표정을 지으며 말했다.

"아, 그게 지금 내 섭혼미령안의 경지로 저년, 아니, 저 여자 정도의 술자를 다루는 건 아직 무리라는……!"

설무백은 가만히 고개를 끄덕였다.

자존심이라면 천하제일을 다툴 수 있는 요미의 입에서 무리라는 말이 나왔다는 것은 적어도 지금은 가능하지 않다는 뜻이었다.

"앞으로 이런 애들을 수도 없이 자주 만나게 될 거야. 무슨 말인지 알지?"

요미가 제대로 알아들은 듯 다부진 표정으로 고개를 끄덕이며 대답했다.

"응, 기대해도 좋아! 아니, 기대해도 좋아요!"

재빨리 말을 바꾸는 요미는 지금 당장 하지 못하는 자신이 정말 부끄럽다는 듯 어금니를 악물고 있었다.

설무백은 그것으로 충분히 만족했다.

혹시나 하고 확인해 봤을 뿐, 아쉬워할 일이 전혀 아니었다.

애초에 천사교의 본거지를 알아낸다는 계획은 이번 행보에 없었던 것이었다.

"좋아, 기대하마."

설무백은 짧게 요미를 응원하며 신안신군의 목덜미를 움켜잡고 있는 손에 힘을 가했다.

순간적인 힘이었으나, 여지없었다.

으득-!

섬뜩한 소음과 함께 신안신군의 머리가 정상이라면 도저히 그럴 수 없는 방향으로 꺾어졌다.

신음조차 지를 수 없는 한순간의 죽음이었다.

설무백은 그런 신안신군의 주검을 옆으로 내려놓고 냉정한 눈빛으로 가짜 신안신군 노릇을 하던 벽안노인을 바라보았다.

벽안노인이 체념한 눈빛으로 그의 시선을 마주하며 가만히 고개를 젓더니, 이내 눈을 감고 말했다.

"날 죽일 수는 있어도 내 입에서 무언가를 알아낼 수는 없다! 교단의 비밀은 우리들의 목숨과 함께하니까!"

설무백은 짐작되는 바가 있어서 차갑게 쏘아붙였다.

"보기 역겨우니까 뭔가 있는 척 허세부리지 마! 그냥 말할 수 없는 금제에 걸려서 이래 죽으나 저래 죽으나 같다고 생각하는 것뿐이잖아!"

벽안노인의 감겨진 눈가가 파르르 경련을 일으켰다.

누가 봐도 설무백의 말을 인정하는 반응이었다.

설무백의 확신이 중첩되었다.

비밀을 발설하면 목숨을 내놓아야 하는 금제는 그가 아는 암천의 그림자들에게 씌워진 속박이요, 굴레인 것이다.

설무백은 덕분에 한결 냉정해진 눈빛을 벽안노인 곁에 서 있는 공야무륵에게 주었다.

공야무륵이 무심하게 한걸음 앞으로 나서며 수중의 도끼를 들어서 벽안노인의 목을 쳤다.

비명은 없었다.

툭―!

벽안노인의 머리가 바닥으로 떨어지고, 뒤늦게 목에서 뿜어진 핏물이 바닥을 적셨다.

설무백은 바닥을 적시는 그 핏물에 서서 냉철하게 장내의 정리를 지시했다. 그저 바람에 흘러가는 구름이 달빛을 가려서보다 더 어두웠던 것으로 생각했는데, 그게 아니었다.

언제부터인지 모르게 눅눅한 바람이 불더니, 이내 추적추적 비가 내리기 시작했다.

외곽을 포위한 광풍대를 그대로 두는 바람에 고작 열 명도 안 되는 인원이 그 빗속에 백여 구나 되는 시체를 한곳에 모으는 것은, 그것도 밖이 아닌 전각의 대청에 쌓는 것은 참으로 힘든 일이었으나, 누구 하나 투덜거리지 않았다.

그다음은 정작 싸울 때보다도 더 고도의 감각을 총동원하며 부용객잔의 구석구석을 뒤지는 작업이었다.

만에 하나라도 적이 숨어 있을지도 모르는 경우를 대비한 치밀함이었다.

물론 예상대로 숨어 있는 적은 없었다.

설무백은 그렇게 수색을 끝낸 이후에야 백여 구의 시체를 쌓아 넣은 대청의 전각에 불을 지르고 돌아서며 명령했다.

"사도와 흑영, 너희들은 저들이 감숙으로 넘어온 경로를 역추적해서 흔적을 지워라."

"옙!"

사도와 흑영이 두말없이 대답하며 자리를 뜨자, 설무백의 시선이 예충과 풍사에게 고정되었다.

예충이 의미심장한 표정으로 입맛을 다시며 먼저 말했다.

"주군의 성격상 굳이 안 데려와도 저와 풍사를 거명할 때부터 짐작하고 있었습니다. 불경스럽게 연락도 없이 늦장을 부리고 있는 녀석들을 마중 나가서 혼쭐을 내주라 이거지요?"

묘강으로 떠난 반천오노를 두고 하는 말이었다.

설무백은 멋쩍은 표정일망정 생각해 둔 당부를 잊지 않으며 공수하며 말했다.

"화사와 광풍대원들을 데려가세요."

예충의 안색이 굳어졌다.

풍사의 기색도 예사롭지 않게 변했다.

그들, 두 사람만이라면 그러려니 하겠으나, 화사와 광풍대원까지 대동하라는 것은 설무백이 이번 일을 심히 우려하고 있다는 뜻이었다.

"알겠습니다! 지금 즉시 떠나도록 하지요!"

기실 따지고 보면 설무백의 걱정은 전생의 기억과 무관하게 급변하는 강호 무림의 정세와 맞물려서 보다 더 주변을 살피려는 마음에서 시작된 일말의 근심에 불과했다.

그리고 그것은 세상이 변하듯 그도 변한 결과였다.

원래는 그처럼 세심한 마음은 가지고 있지 않은 그였으나, 이제는 달랐다.

하루가 다르게 변화하는 세상을, 정확히는 전생과 다른 역사를 지켜보고 있자니 그게 무엇이든 가능하면 한 발짝 떨어져서 관조(觀照)하려던 예전의 버릇 대신 매사를 꼼꼼하고 주의 깊게 살피며 그때그때 직관(直觀)하는 버릇이 생겨난 것이다.

그런데 경험이나 판단, 추론 등의 사유를 거치지 않고 순전히 상황만 놓고 판단하는 그의 직관은 늘 들어맞은 경우가 적지 않았다.

이번에도 그랬다.

직관에 따른 설무백의 걱정은 옳았다.

반천오노가 모종의 임무를 위해 간 묘강의 한 지역, 오독문은 지금 불타고 있었다.

본디 묘강은 사천성의 남서쪽으로부터 귀주의 일각과 운남, 그 아래 남만에 이르기까지의 광범위한 지역을 아우르는 지명이었다.

묘강의 전설적인 독문인 오독문은 그중에서 운남성 서남부의 성 경계에서 대략 사백여 리가량 떨어진 창파(蒼波)라는 밀림 지역에 자리하고 있었다.

습기로 가득한 땅과 음습한 그늘들이 하늘을 뒤덮은 나무들과 덩굴들 아래 한 덩어리의 녹색처럼 보일 정도로 우거진 밀림이라 창파라고 불리는 지역이었다.

실수로라도 한 번 들어가면 길을 잃고 헤매다가 짐승의 먹이가 되거나 독충의 밥이 된다는 악명이 자자한 늪지가 사방에 깔려 있는 곳으로, 무엇보다도 그 일대 전부가 예로부터 묘강의 전설적인 독문인 오독문의 영지라 인근에서 가장 호전적인 묘족(苗族)들도 절대 발을 들이지 않는다고 알려진 그 창파 지역의 중심부, 바로 오독문의 성체 전역이 화마(火魔)에 휩싸여 있었다.

그리고 그 속에서 단말마의 비명이 꼬리를 물고 이어져 나오고 있었다.

평소라면 꽃과 수풀의 향내가 풍겨야 할 청록의 대지가 검은 연기를 하늘 높이 뿜어내며 피와 살점이 난무하는 살겁(殺劫)의 현장으로 변해 있었다.

그런 살겁을 일으키는 자들은 대략 백여 명으로, 하나같이 무복이라 불리는 흑의 경장 차림의 사내들이었다.

그들은 불붙지 않은 건물을 찾아다니며 연신 횃불을 던지는 와중에 눈에 띄는 모든 사람은 남녀노소를 불문하고 가차 없이 칼을 휘둘러 죽이고 있었다.

싸우려고 덤비는 사람들이 아니었음에도 말이다.

그들은 이미 선혈이 낭자한 채로 쓰러져 있는 사람들 중, 아직 생명이 붙어 있는 사람들을 칼로 찌르고 있었다.

무엇이 그리 분하고 억울한지는 모르겠으나, 그대로 두어도 자연히 옮겨 붙을 불을 굳이 재촉하는 와중에 확인 사살까지 감행하며 화풀이를 하는 것 같았다.

살기에 젖은 눈빛, 씩씩거리는 태도가 그것을 대변하는데, 한쪽에 서서 그들의 잔인한 행태를 지켜보는 십여 명의 무리에서 그에 대한 답이 나왔다.

"이해해 주십시오. 애들이 잔뜩 약이 올라서 그만……."

한쪽 눈을 검은 안대로 가린 반백의 애꾸노인 하나가 깊이 고개를 숙이며 하는 말이었다.

무리의 선두에 서 있는 노인을 향해서였다.

적미(赤眉), 즉 두 눈썹이 일부러 그린 듯 붉은 호리호리한 백발노인이었다.

낡은 학창의(鶴氅衣)를 입고 머리에는 유건(儒巾), 발에는 초혜(草鞋)를 신은 그는 입술 위와 턱에 가늘고 긴 수염을 길러서 한껏 유생(儒生)의 티를 내고 있기는 하나, 붉은 눈썹이 가늘고, 그 아래 두 눈도 가늘게 찢어져서 지혜롭게 보이면서도 매우 교활한 느낌을 주는 특이한 인물이기도 했다.

애꾸노인의 말을 들으며 습관처럼 가볍게 고개를 끄덕인 그 적미 노인이 불쑥 물었다.

"몇이나 죽었지?"

애꾸노인이 대답했다.

"서른두 명의 사망자가 나왔다는 보고를 받았습니다."

"오독문은?"

"독후(毒后)라는 계집인 이이아스를 비롯해서 대략 이십여 명이 도주한 것으로 보입니다."

"그럼 이해해 줘야겠군. 얼추 육백을 죽여 놓고 이십여 명을 놓쳤다고 저리도 분해하니, 기특해서라도 이해해 줘야지. 한데……?"

기꺼운 표정으로 애꾸노인의 말에 동의한 적미 노인이 말미에 고개를 갸웃거리며 의문을 표했다.

"아무리 그래도 아흔아홉 정예가 와서 서른두 명이나 당했다면, 오독문에 대한 야차각(夜叉閣)의 정보와 평가가 심히 잘못된 것으로 봐야 하는 것 아닌가?"

애꾸노인이 동의했다.

"수하도 같은 생각입니다. 저들의 견제가 어제오늘의 일은 아니지만, 이번엔 좀 심하다는 생각을 지울 수 없습니다. 차제에 사왕(邪王)께서 이 점을 분명히 하심이 오를 것 같습니다."

적미 노인, 적미 사왕(赤眉邪王)의 눈빛이 싸늘하게 변했다.

"그래야지. 다만 오독문의 잔당을 소탕하는 것이 먼저야."

"여부가 있겠습니까. 잠시만 기다리시면 곧 금면나찰(金面羅剎)이 놈들의 도주 방향을……!"

"왔군."

적미 사왕이 애꾸노인의 말을 자르며 불길이 번지기 시작해서 어느새 희뿌연 연기가 자욱하게 피어나는 동편의 밀림을 바라보았다.

순간, 자욱한 연기 사이로 잿빛 그림자 하나가 모습을 드러 내더니, 쾌속하게 그들에게로 날아왔다.

반백의 노인이었다.

아마도 그가 그들이 말하는 금면나찰일 텐데, 이내 적미 사 왕의 면전에 도착한 그는 과연 나찰처럼 온갖 흉터로 흉악하게 생긴 얼굴의 소유자였다.

그런 그가 적미 사왕의 면전에 털썩 무릎을 꿇으며 보고했 다.

"역시나 동쪽으로 난 흔적은 추적을 교란하려는 놈들의 술책 이 분명해 보입니다, 사왕. 일부러 남긴 흔적이 즐비하더군요. 놈들은 틀림없이 북상하고 있습니다."

애꾸노인이, 바로 금면나찰과 같은 직급을 가진 독안나찰(獨 眼羅刹)이 안색을 굳히며 급히 끼어들었다.

"북상이라면 어서 서둘러야겠습니다, 사왕. 여기서 북쪽이 면 운남성의 서려부(瑞麗府)가 멀지 않습니다."

적미 사왕의 눈빛이 싸늘하게 변했다.

"먼저 갈 테니, 여기는 독안(獨眼) 네가 정리하고 따라와라! 가 자, 금면!"

말과 동시에 그의 신형이 새처럼 날아올라 바람을 타고 희 뿌연 연기가 자욱하게 퍼지기 시작한 동쪽 하늘로 쏘아졌다.

금면나찰이 거의 동시에 신형을 날려서 그 뒤에 붙고, 독안 나찰을 제외한 나머지 사내들이 서둘러 그 뒤를 따라갔다.

독안나찰은 그들의 모습이 시야에서 사라지기도 전에 수하들을 다그치기 시작했다.

"일각 안에 정리를 끝내라! 사왕께서 실망하시지 않도록 따라붙어야 한다!"

지금 그의 시야에서 사라지고 있는 사왕 등의 경신술이라면 늦어도 한시진 안에 도주하는 오독문의 잔당을 따라잡을 수 있을 터였다. 그래서 일각이었다.

놈들의 실력으로 봐서 일각은 버틸 터였다.

일각의 차이 안에 도착하면 그도 놈들을 해치우는 손맛을 볼 수 있을 것이다.

그러나 그와 같은 독안나찰의 계산에는 오류가 있었다.

아니, 오류라기보다는 변수라고 해야 할 터이다.

우선 첫 번째 변수는 오독문이 자리한 곳에서부터 북쪽으로 이어진 수림은 창파 지역에서도 가장 지독하다고 알려져서 '귀신의 숲'이라 불릴 정도로 악명 높은 밀림이라는 점이었다.

따라서 고도의 경공으로 울창한 밀림을 발아래 두고 날아가던 사왕 등은 이내 지상으로 내려와야 했다.

수많은 벌레들이 얼굴을 비롯한 전신으로 부딪치고 달라붙는 바람에 그대로 날아갈 수가 없었다.

마치 가을의 저녁 무렵에 들판을 달리면 얼굴에 부딪치는 하루살이처럼 느껴지지만, 사실은 그 모든 벌레들이 한 번 물리면 어지간한 사람도 현기증을 일으키거나 구토를 유발하고,

여차하면 피를 토하고 죽을 수 있는 독충들이라 그랬다.

처음에는 호신강기를 펼치며 날아갔으나, 언제까지 그럴 수는 없었다.

제아무리 고절한 내공을 가진 고수도 어제까지 땅을 밟지 않고 새처럼 날아갈 수는 없는 법인데, 호신강기까지 펼쳐야 하는 악조건 속에서는 더욱 그럴 수가 없는 것이다.

두 번째 변수는 그들이 내려선 지상도 역시나 악명 높은 창파 지역에서도 가장 지독하다는 '귀신의 숲'이라는 점이었다.

걸음마다 독충이 얼굴에 부딪치고, 독 오른 독사가 발목을 노렸다. 게다가 한 치 걸러 두 치마다 늪지가 나왔으며, 조금이라도 낮은 지역에는 수십 년 아니, 수백 년 동안 부패한 낙엽이 만들어 낸 독장(毒瘴)이 머리가 잠기도록 높이 차올라 그들의 목숨을 노리며 출렁거렸다.

그들은 그 바람에 어쩔 수 없이 지상으로 내려와서도 호신강기를 펼쳐야 했고, 시시때때로 경공을 사용해야 했다.

그러나 무엇보다도 결정적인 변수, 그래서 그들의 곤혹을 치른 것은 바로 세 번째였다.

오독문의 잔당이 무작정 도망치고 있는 것이 아니라는 게 바로 그것이었다.

사왕은 뒤를 따르는 십여 명의 수하들 중 절반 이상이나 독충과 독사에 당해서 죽어 버리고 나서야 그와 같은 사실을 깨달을 수 있었다.

"이런 족제비 같은 놈……!"

가장 후미를 따르던 수하 하나가 속절없이 게거품을 물고 쓰러진 다음이었다.

사왕은 쓰러지는 수하의 종아리를 감싼 각판 사이를 뚫고 튀어나가는 검은 물체를 보고는 사태를 파악하며 분노했다.

언뜻 보면 그건 바퀴벌레 정도로나 보일 크기의 검은 벌레들이 벼룩처럼 빠르게 튀어나가고 있었는데, 그건 바로 일명 흑갈자(黑蝎子)라고 불리는 검은 전갈이었다.

흑갈자는 본디 지근거리에서 움직이는 생물체를 무차별하게 공격하는 흉물이지만, 절대 무리를 지어서 움직이지 않는 습성을 가지고 있다.

그런데 지금 수하의 각판을 뚫고 역동적인 모습으로 튀어나가는 흑갈자는 족히 수십 마리였다.

슈슝―!

분노를 일으킨 사왕의 손이 매서운 칼바람을 일으키며 한 방향을 가리켰다.

순간!

콰직―!

장내에서 이십여 장 정도 떨어진 밀림에 자리한 아름드리나무의 중동이 폭발하듯 깨져 나가며 옆으로 기울어졌다.

동시에 쓰러지는 아름드리나무에서 떨어진 검은 그림자 하나가 옆으로 튀었다.

천외천의
주인

"놈!"

눈에 불을 킨 사왕이 손끝이 아름드리나무에서 떨어져 나온 검은 그림자를 따라갔다.

슈슈슈슝-!

예리한 칼바람이 연속해서 공기를 가르며 검은 그림자를 노렸다. 그리고 끝내 적중했다.

팍-!

"크……!"

검은 그림자가 억눌린 신음을 토하며 바닥을 굴렀다.

그 바람에 속도가 줄며 드러난 그 검은 그림자의 실체는 작은 체구의 노인, 바로 반천오객의 한 사람인 소광동자였다.

여태 사왕 일행을 공격한 독충들은 바로 그의 작품이었던 것이다.

"감히 나를 희롱해……!"

사왕이 이를 갈아붙이며 시위를 떠난 화살처럼 소광동자를 향해 쏘아졌다.

그가 워낙 빠르게 움직이는 바람에 금면나찰을 비롯한 나머지 수하들은 그저 그의 뒤를 따를 수밖에 없었다.

그때 사방에서 튀어나온 십여 개의 붉은 선들이 소광동자를 노리는 사왕을 덮쳤다.

"더는 속지 않는다!"

사왕이 냉소를 날리며 두 손을 좌우로 펼쳤다.

그의 손짓에 따라 일어난 무지막지한 강기가 사방으로 뻗어나갔다. 쇄도하는 붉은 선들이 강기와 충돌하며 핏방울로 변해서 흩날렸다.

기실 붉은 선들은 오독문이 키우는 십대사왕(十大蛇王)의 하나인 독각홍린사(獨角紅鱗蛇)였다.

지독한 독은 둘째 치고, 강철보다 더 단단한 이빨과 몸을 가져서 교룡의 껍질도 간단하게 뚫고 들어가는 영물인데, 사왕의 일격에 핏물로 화해 버린 것이다.

다만 독강홍린사의 공격은 속임수, 일종의 허초이고, 실초는 그 뒤에 있었다.

사왕이 폭약처럼 터져 버린 독각홍린사의 혈무(血霧)를 뚫고 나가며 바닥을 구르다가 멈춘 소광동자를 향해 광망이 이글거리는 손을 뻗어 내는 순간이었다.

쑤욱—!

지상에서, 정확히는 늪에서 불쑥 솟아난 두 손이 사왕의 발목을 움켜잡았다.

장작처럼 바싹 바른 두 손 다음에 늪을 벗어난 것은 바로 그에 어울리게 홀쭉한 반면서생의 활짝 웃는 얼굴이었다.

"됐다!"

사왕이 중심을 잃고 늪을 향해 기울어졌다.

그사이, 그의 두 발목을 잡은 반면서생의 두 손 소매에서 실처럼 가느다란 금빛의 광체가 튀어나갔다.

천왕천의
주인

대번에 사왕의 품속을 파고드는 그 금빛 광체는 바로 오독문이 기르는 십대사왕 중 첫째를 다투는 묘강극사금망(苗疆極刃金蟒)이었다.

그러나 아니었다. 되지 않았다.

"가소로운 놈!"

늪으로 처박힐 듯 앞으로 기울어지던 사왕의 입에서 뱉어진 말이었다.

다음 순간, 그의 전신이 그대로 멈추고 두둥실 떠오르며 붉은 광체에 휩싸였다.

그저 붉기만 한 것이 아니라 용광로처럼 뜨거운 열기를 발산하고 있었다.

치이익―!

붉게 달아오른 솥뚜껑에 불을 붙인 것 같은 소음이 일어나며 사왕의 품에서 연기가 피어났다.

놀랍게도 강철조차 물어뜯는 묘강극사금망이 지푸라기처럼 타 버린 것이다.

"익!"

반면서생은 사왕의 발목을 잡고 있는 자신의 두 손이 지글지글 타고 있다는 것조차 망각한 채 묘강극사금망의 죽음에 분노했다.

그때 고개 숙이고 허리를 접은 사왕이 두 손을 내밀어서 그의 머리를 움켜잡았다.

"나름 머리는 잘 썼다만, 아쉽게 되었구나. 이따위 잔재주로는 나를 어쩔 수 없으니 말이다."

"안 돼!"

사왕이 쏘아 낸 강기에 발목이 날아간 상태로 바닥을 구르다가 간신히 중심을 잡고 그 모습을 바라본 소광동자가 비명 지르듯 소리쳤다.

그러나 아무것도 변하지 않았다.

사왕의 두 손이 마치 사이에 아무것도 없는 것처럼 여지없이 마주쳤다.

팍-!

섬뜩한 파열음이 터지며 붉은 피와 허연 뇌수가 사방으로 튀었다.

반면서생의 죽음이었다.

천외천의
주인

분천오독문奮戰五毒門 (2)

"으아아아악······!"

소광동자는 욕을 하고, 악을 쓰고, 저주를 퍼붓다 못해 미친
듯이 비명과도 같은 찢어지는 괴성을 내지르며 적미 사왕을 향
해 달려들었다.

여태까지 살아오면서 그는 어림잡아 스물 번 이상은 패배했
고, 죽고 싶을 정도의 좌절도 겪어 봤으며, 실제로 생명을 잃을
수 있는 죽음의 구렁텅이에 빠져서 허덕이는 경험도 했었다.

제아무리 험난한 강호, 약육강식의 법칙이 난무하는 무림에
산다고 해도 누구나 다 그가 겪은 경험을 해 볼 수 있는 것은
아니었는데, 그는 그때마다 크게 분노했으나, 적어도 지금처럼
이성을 잃지는 않았다.

소위 서로 어깨를 재 본다는 식으로 무위의 고하를 따져 보는 점잖은 비무가 아니라 목숨을 걸고 치루는 결투에서 터무니없이 비겁한 술수에 당해서 패배했어도 다르지 않았다.

억울해서 피눈물을 흘릴지언정 끝내 이성은 잃지 않고 대처했으며, 그것이 바로 그가 그런 생사결에서 지고도 살아남을 수 있었던 이유였다.

그러나 지금의 그는 완전히 이성을 잃어버렸다.

장기인 독충을 활용해야 한다는 생각을 까맣게 망각해 버린 것은 차치하고, 발목이 파괴되어 허연 뼈가 드러난 발로 지면을 밟고 내달리면서도 일말의 고통조차 느끼지 못하고 있는 것이 지금의 그였다.

견원지간(犬猿之間)처럼 만나기만 하면 늘 사소한 시비로 아웅다웅하면서도 거의 한 백년을 동고동락한 지기의 죽음 앞에서 그의 이성은 한낱 물거품과 다름없었던 것이다.

그러나 같은 상황임에도 그와 달리 이성을 잃지 않고 냉정을 유지하는 사람도 있었다.

장소는 달랐지만 죽은 반면서생처럼 지근거리에 있는 썩은 나무둥치 뒤에서 매복한 상태로 암습을 노리고 있던 무진행자가 그랬다.

"……!"

어금니를 악물고 반면서생의 죽음을 견디던 무진행자는 이성을 잃고 나선 소광동자를 보자 낯빛이 창백해졌다.

반면서생의 머리를 두부처럼 으스러트린 적미 사왕의 검붉은 손이 막무가내로 달려드는 소광동자를 향해 들렸다.

무진행자는 조금 전 적미 사왕의 저 손에서 쏘아진 장력, 혹은 지공에 소광동자의 발목이 박살 나는 것을 똑똑히 목도했었다.

분명 강궁(强弓)이라도 쏴야 닿을 수 있는 거리인 육십여 장이나 떨어진 곳에서 심지어 빠르게 움직이고 있었는데, 그의 손에서 쏘아진 기세는 소광동자의 발목을 정확히 타격해서 수수깡처럼 부서트려 버렸었다.

그리고 지금, 냉소를 머금은 적미 사왕의 그 손이 다시금 소광동자를 겨누고 있었다.

"쳐라!"

무진행자는 발작적으로 뛰어나가며 소리쳤다.

원래는 조금 더 틈을 노려야 하는 상황이었으나, 더 이상 참을 수 없었다.

순간!

"크아앙!"

"크르르……!"

사방에서 야수의 울부짖음이 들렸다.

지근거리에 수풀들이 요란하게 흔들리며 금빛 얼룩무늬를 드러낸 십여 마리의 호랑이가 달려오고, 몇몇 나무에서는 알록달록 일그러진 원형의 점무늬를 가진 표범들이 떨어져 내렸다.

기실 호랑이들과 표범들에게 시선을 빼앗겨서 그렇지 주변의 땅바닥이 온통 강풍에 휘말린 늪지처럼 꿀렁거리더니, 이내 수백 아니, 수천의 쥐떼와 두더지 등 온갖 설치류들이 모습들 드러내고 있었다.

그 모든 동물들은 무진행자의 명령에 따라 적미 사왕을 공격했다.

"이런 잡술로 나를 어쩔 수 있을 것 같으냐!"

적미 사왕이 코웃음을 치며 소광동자를 향해 뻗어지던 손을 거두고 두 손을 가슴 앞으로 모았다가 좌우로 활짝 펼쳤다.

최아아아악!

불이 붙은 거대한 아름드리나무가 휘둘러지는 것 같은 엄청난 파공음이 일어났다.

동시에 주변의 공기가 우렁우렁 울며 단단하게 압축된 기세가 거대한 해일처럼 사방으로 펼쳐졌다.

"컹!"

"크앙―!"

사방에서 적미 사왕을 노리고 달려들던 짐승들이 태풍에 휩쓸린 가랑잎처럼 속절없이 날아갔다.

강력한 강기의 폭풍이었다.

날아가기도 전에 목이 부러지거나 다리가 부러지는 짐승이 태반이었다.

바닥의 쥐떼 등은 마치 거대한 절구가 내려친 것처럼 피 떡으로 변해서 바닥에 눌러 붙거나 허공으로 흩날리고 있었다.

하지만 무진행자는 그것으로 만족했다.

적미 사왕이 쇄도하는 소광동자를 잠시 외면하는 그 순간에 신형을 날린 그는 무사히 소광동자를 낚아챌 수 있었기 때문이다.

적미 사왕의 광폭한 강기의 분사로 인해 무진행자가 조종하던 짐승들만이 아니라 금면나찰 등 적미 사왕의 수하들조차 멀찍이 주르륵 밀려나간 것은 덤으로 얻은 행운이었다.

"이대론 무리다! 물러나야 한다!"

무진행자는 한 팔로 낚아챈 소광동자의 목을 조르며 악을 썼다. 그의 품에 안겨서도 여전히 분을 이기지 못한 채 바둥거리던 소광동자의 이성이 그제야 조금 돌아왔다.

"반면이! 반면이……!"

"알아! 알아! 하지만 반면의 복수를 위해서라도 지금은 참아야 해! 너도 봤잖아! 놈은 주군처럼 강기의 응축과 분산을 자유롭게 조율하고 있다! 그건 족히 십 갑자(十甲子)의 공력이 있어야 가능한 거다! 지금의 우리는 열이 있어도 절대 놈의 상대가 안 된다!"

무진행자는 소광동자의 전신을 힘주어 부둥켜 앉은 채 울부짖듯 외치며 필사적으로 신형을 날렸다.

소광동자가 정신을 차리고 이성을 회복한 듯 더 이상 바둥거리지 않아서 가능한 행동이었다.

사실 소광동자도 알고 있었다.

단순한 힘의 논리로만 따져도 십 갑자의 공력을 가진 무인은 삼 갑자(三甲子)의 공력을 가진 네 명의 무인이면 상대할 수 있다는 식의 계산은 가당치 않다.

십 갑자의 공력을 가진 무인이 터무니없는 실수를 하지 않는 한, 삼 갑자의 공력을 가진 무인은 네 명이 아니라 열 명이 뭉쳐도 절대 감당하지 못한다.

어린아이 열 명이 힘을 합쳐도 장성한 사내 하나를 당할 수 없는 것과 같은 이치다.

적미 사왕과 그들의 공력은 그와 같은 차이가 있었고, 소광동자도 그걸 모르지 않기에 분하고 억울해서 미칠 것 같음에도 더는 나서지 못하는 것이다.

그러나 적미 사왕은 무진행자와 그가 생각하는 것 이상으로 엄청난 고수였다.

적미 사왕은 순간적인 강기의 폭사로 공격하던 모든 동물들을 일거에 날려 버리는 와중에도 도주를 감행하는 그들의 움직임을 조금도 놓치지 않았고, 더 나아가서 공격할 여유도 가지고 있었다.

"요망한 쥐새끼 같으니라고, 놓칠까 보냐!"

싸늘한 일갈과 함께 뻗어진 적미 사왕의 검붉은 손이 저 멀리 비상하는 무진행자 등을 가리켰다.

붉은 섬광이 적미 사왕의 손을 떠나서 무진행자 등을 향해 직선으로 뻗어 나갔다.

무진행자는 적미 사왕을 등지고 있었기에 그걸 보지 못했지만, 그의 품에 안겨 있던 소광동자는 육십여 장을 격하고 빨랫줄처럼 직선으로 뻗어 오는 그 무지막지한 빛줄기를 정확히 볼 수 있었다.

"익!"

소광동자가 사력을 다한 염충술(念蟲術)을 발휘해서 주변의 모든 독충들을 끌어 모으는 한편, 즉시 무진행자의 품을 벗어나 목에 매달리며 등을 감쌌다.

퍽—!

둔탁한 소음과 화끈한 열기가 소광동자의 등에 작렬했다.

무지막지한 고통의 열기가 소광동자의 뇌리로 직결되었다.

사력을 다해서 호신강기를 펼쳤으나, 적미 사왕의 공격이 여지없이 그의 호신강기를 뚫고 들어온 것이다.

소광동자는 그럼에도 불구하고 이를 악물며 일말의 신음도 흘리지 않았다.

그러나 무진행자가 바보도 아니고 어찌 그런 상황을 모를 수 있을 것인가.

"소광!"

"그냥 가!"

소광동자는 반사적으로 속도를 늦추는 무진행자의 목을 당기며 악을 썼다.

"네가 그랬잖아! 저 자식은 우리 상대가 아니라고! 난 괜찮으니까 죽기 싫으면 그냥 달려!"

무진행자는 소광동자의 말이 사실이 아님을 알 수 있었다.

등에서 느껴지는 뜨듯하고 축축한 감촉이 핏물이라는 것을 모를 정도로 그는 바보가 아니었다.

그러나 그것을 알기에 그는 멈추지 않고 더욱 죽을힘을 다해서 경공을 펼쳤다.

이대로 멈추면 그나마 소광동자를 살릴 수 있는 방법이 없다는 것을 익히 잘 알고 있었기 때문이다.

그리고 천만다행으로 재차 느껴지는 적미 사왕의 공격이 없었다.

그와 마찬가지로 죽을힘을 다해서 펼친 소광동자의 염충술로 인해 몰려든 독충들이 검은 안개처럼 그들의 뒤를 가리며 적미 사왕을 방해한 결과였다.

꽈광―!

"이런 빌어먹을……!"

거듭 강기의 폭사를 시전해서 전방을 검은 안개처럼 까맣게 물들인 독충 떼를 소멸시켜 버린 적미 사왕은 절로 욕설을 뱉어 냈다.

시야는 트였으나, 쥐새끼들의 모습은 이미 어디론가 사라지고 없었던 것이다.

게다가 어느새 사위가 어둑어둑했다.

수풀이 하늘조차 가린 묘강의 저녁은 일찍 찾아와서 늦게 돌아간다는 얘기처럼 얼마 지나지 않은 것 같은데 벌써 땅거미가 지고 있었다.

적미 사왕은 적잖게 불편한 기색으로 금면나찰 등, 수하들을 살펴보았다.

열다섯 명의 인원이 고작 여섯 명만 남아 있었다.

그것도 금면나찰을 제외한 나머지 다섯 명은 온전한 모습이 아니었다.

여기저기 긁히고 찢겨진 상처투성이라 온갖 짐승들과 독물들이 우글거리는 묘강의 밀림을 헤쳐 나가기는 힘들어 보였다.

'변방의 일개 야만족이라고 생각했건만……!'

그러고 보면 과연 대종사(大宗師)는 참으로 치밀하고 탁월한 선견지명(先見之明)을 가지고 있었다.

다들 전설은 전설일 뿐이고 과장되기 마련이라며 변방의 일개 야만족에 지나지 않는다고 치부한 오독문이 이처럼 지독한 놈들일 줄은 명령을 받고 나선 적미 사왕 그 자신도 정말 예상하지 못한 일이었다.

'정말 체면이 말이 아니야!'

적미 사왕은 새삼 분한 마음에 지그시 입술을 깨물었으나, 이내 화를 풀었다.

마침 오독문의 뒤처리를 위해서 남겨 두었던 독안나찰 이하 오십여 명의 마도수(魔刀手)들이 뒤따라왔기 때문이다.

"늦어서 죄송합니다."

독안나찰은 눈치가 빨랐다.

장내의 상황을 보고 대번에 사태를 짐작한 듯 두말없이 없는 자신의 과오를 만들어서 사죄하고 있었다.

적미 사왕은 이런 그의 태도가 싫지 않았다.

소위 눈치 빠르게 알아서 기는 이런 충성심이야말로 그가 바라마지 않는 수하의 태도였다.

무엇보다도 지금 이 순간 그와 같은 충성심이 필요하기 때문에 더욱 그랬다.

내심 마음을 굳힌 그는 조용히 물었다.

"여기서 운남성의 성 경계까지 얼마나 될 것 같으냐?"

독안나찰이 사전에 이미 파악하고 있었던 듯 주변을 둘러보지도 않고 대답했다.

"대략 삼십여 리 내외일 겁니다."

적미 사왕은 새삼 불같은 짜증이 솟구쳤으나, 애써 내색을 삼가며 말했다.

"너희들도 알다시피 운남성은 중원으로 들어가는 길목이고 나는 그곳으로 들어갈 수 없다. 분명 마도오문에게 중원 입성의 선두를 양보하라는 것이 대종사(大宗師)의 지시였는데, 명색이 대종사를 곁에서 모시는 사왕전(邪王殿)의 주인인 내가 그걸 어길 수는 없는 노릇이지. 하지만 지금 나는 저놈들을 놓치고 싶지 않다!"

강한 어조로 말미를 자른 적미 사왕은 노골적인 기대가 닮긴 눈빛으로 독안나찰과 금면나찰의 시선을 차례대로 마주하며 재우쳐 물었다.

"이 일을 어찌한다?"

금면나찰이 당황한 기색을 드러내며 망설이는데 반해 과연 눈치 빠른 독안나찰은 즉시 답을 내놓았다.

"저희들에게 맡겨 주십시오. 저희들이 알아서 처리하겠습니다."

"무엇을 어떻게 알아서 처리하겠다는 것이냐?"

"저희들이 가서 기필코 놈들이 운남성으로 넘어가기 전에 머리를 따 오겠습니다."

적미 사왕은 분명 내심 기대하던 말임에도 불구하고 짐짓 미간을 찌푸리며 말꼬리를 잡았다.

"여기서 운남성의 성 경계까지 고작 삼십여 리밖에 안 된다고 네 입으로 말하지 않았느냐? 대체 어떻게 너희들이 그 짧은 거리 안에 놈들을 따라잡을 수 있다는 것이냐?"

독안나찰이 의미심장한 눈빛을 드러내며 힘주어 답했다.

"할 수 있습니다. 거기가 어디든 저희가 놈들을 따라잡고 해치운 지역은 분명 중원이 아니라 묘강일 것입니다. 왜냐하면 저희들은 틀림없이 그렇게 알고 놈들을 해치울 것이기 때문입니다."

묘강을 벗어나기 전에 저들을 잡아서 죽이겠다는 소리가 아니었다.

거기가 어느 지역이든지 간에 상관하지 않고 그들은 무조건 묘강이라고 생각하고 저들을 해치우겠다는 소리였다.

적미 사왕은 그제야 기꺼운 표정으로 고개를 끄덕이며 수긍했다.

이것이야말로 그가 바라마지 않는 대답이었던 것이다.

"알았다. 혹시나 너희들이 실수로라도 중원으로 들어간다면 그게 항명이 아니라 무지임을 내가 증명해 주마. 대종사께서도 그 정도야 용인해 주시겠지."

독안나찰과 금면나찰 등이 억지를 순리로 바꾸겠다며 적미 사왕의 명령을 받들기 위해서 나섰을 때, 반면서생과 소광동자, 무진행자 등의 매복과 희생으로 시간을 얻은 묵면화상 등 오독문의 일행은 운남성으로 입성해서 서려부를 향해 발길을 재촉하고 있었다.

다만 적미 사왕 등의 예측과 달리 그들의 인원은 이십여 명이 아니었다.

고작 여덟 명이었다.

묵면화상과 일견도인, 그리고 남녀(藍轝 : 두 명이 들게 되어 있는 가마)처럼 지붕이 없이 의자만 놓인 사인교(四人轎)에 앉은 독후 이이아스와 사인교를 어깨에 짊어진 네 명의 사내, 그 곁을 따르는 한 명의 시비가 바로 그들이었다.

애초의 인원은 이십여 명이었으나, 일부는 적을 유인하기 위해서 남쪽으로 방향을 틀었고, 일부는 중도에 상처가 심화되어 죽음을 맞이하는 바람에 겨우 그들만 남았던 것이다.

그러나 상처 입은 동료의 죽음은 그들에게 전화위복(轉禍爲福)이 되었다.

하나같이 묘강의 밀림을 앞마당처럼 여기는 그들임에도 부상자를 보살피며 이동하느라 발길이 무거웠는데, 이제는 제대로 속도를 낼 수 있었다.

독후 이이아스가 운남성의 성 경계에서 발길을 멈추며 시간을 벌기 위해 매복에 나선 반면서생 등을 데려오자고 제안한 이유가 그 때문일 것이다.

지금이라면 굳이 시간을 벌기 위한 매복이 필요 없다는 것이 독후 이이아스의 생각이었다.

그러나 그와 같은 그녀의 의견은 묵면화상의 단호한 반대로 묵살되었다.

묵면화상의 입장에서는 당연한 반대였다.

적들의 능력은 이이아스의 판단보다 더 높고 뛰어나다는 것이 그의 생각이기 때문이다.

"적미 사왕이라는 자는 우리 반천오객이 협공해도 감당할 수 없는 고수요. 그자를 잡을 수 있다는 확신만 있었다면 아니, 그자와 동패구사(同敗俱死)라도 가능하다고 생각했다면 나와 일견도인도 기꺼이 함께 매복에 나섰을 것이오."

"하지만……!"

"가야 하오! 무조건 가야 하오! 그게 그들의 희생을 헛되이 하지 않는 길이외다!"

묵면화상과 같은 묵인(墨人 : 흑인)으로, 작은 체구에 유난히 눈이 큰 이십 대의 여인인 오독문의 독후 이이아스는 감히 더 이상 이의를 제기하지 못했다.

묵면화상은 오독문의 대장로이기에 앞서 그녀에게 오독문의 비기를 전해 주며 전대 독후의 자리를 계승하게 한 스승이자, 핏줄로 이어진 조부였기 때문이다.

그뿐 아니라 이내 묵면화상의 예측이 옳다는 정황이 드러났다.

"어서 서두르는 것이 좋겠다. 잠시 늦추어졌던 놈들의 추적이 빨라졌다."

일견도인의 말이었다.

그는 내내 잿빛으로 어두워지는 하늘을 주시하고 있었다.

정확히는 하늘을 날고 있는 야조를 살피는 중이었다.

그는 자연스럽지 않게 날아오르거나 날고 있는 야조의 움직임을 통해서 추적자들의 움직임을 파악할 수 있었다.

"음!"

묵면화상이 묵직한 침음을 흘렸다.

추적자들의 움직임이 빨라졌다는 일견도인의 말이 무엇을 의미하는지 익히 짐작하기 때문이다.

그러나 그것도 잠시, 그는 안색을 바꾸며 서둘러 앞장서서 발길을 재촉했다.

"갑시다!"

일반적으로 묘강에서의 활동은 주로 한낮을 피한 새벽이나 저녁 무렵에 이루어진다.

묘강의 밀림은 우기(雨期)가 아닌 시기에는 하늘을 가린 수림 속에서도 대지를 뜨겁게 달구는 강렬한 열기로 인해 한낮에는 토착민들조차 매우 버거운 기온이기 때문이다.

그러나 해가 나오기 전인 새벽 해가 사라진 저녁은 달랐다.

특히 저녁 무렵은 더욱 그랬다.

한낮의 열기가 식고 조금은 서늘하게 느껴지는 바람이 불어오면 독충들과 독사들이 몸을 숨기고, 지역에 따라 서너 장이나 높게 치솟던 독장(毒瘴)도 지면에 낮게 깔려서 사람들의 활동이 한결 자유로워지는 것이다.

묵면화상 등 오독문의 일행은 그렇듯 밤을 도와서 빠르게 이동하기 시작했다.

같은 무인이라도 그들이 아니라 다른 사람들이었다면 가죽이나 천으로 얼굴의 두 눈을 제외한 온몸의 피부를 가죽이나 천으로 가리고서도 극도로 조심해서 걸어야 했을 터였다.

불시에 튀어나올 독충이나 독사, 그리고 출렁거릴 독창을 경계해야 하기 때문이다.

그러나 그들은 비교적 그런 것에 구애받지 않는 독문의 제자들이었기 때문에 매우 빠른 속도로 이동할 수 있었다.

특히 선두에서 길을 여는 묵면화상이 뒤따르는 모두의 발걸음을 한결 가볍게 만들어 주었다.

독인까지는 아니나, 그에 근접한 독공의 경지를 이룬 묵면화상은 독충이나 독사, 독장 따위에게 위협받는 몸이 아니었기에 빠르게 나아가며 심심치 않게 나타나는 그것들을 죽이거나 몰아내는 것으로 뒤따르는 사람들에게 도움을 주고 있었다.

아마 묵면화상은 혼자였다면 지금의 속도가 우스울 정도로 배 이상 빠르게 나아갈 수 있었을 터였다.

스스로는 오독문의 전설인 독령성체(毒靈聖體)를 이루지 못한 실패작이라고 말하지만, 결국 오독문의 최고수는 다른 누구도 아닌 그라는 사실이 증명되는 시간이었다.

독령(毒靈)의 기운이라는 오독문의 비전심법인 독령기(毒靈氣)와 그것을 기반으로 펼치는 독공인 사인독강(死刃毒罡)의 경지는 대외적으로 오독문의 일인자로 알려진 독후 이이아스조차도 그보다 아래였다.

그러나 본의 아니게 늪에 빠졌다가 벗어나기를 수십 번, 독충이나 독사에게 물기기를 수백 번이나 더 반복하면서도 절대 속도를 늦추지 않던 묵면화상의 발걸음이 자연스럽게 느려지는 시기가 찾아왔다.

낮에는 조심스럽게 천천히, 밤에는 서둘러 최대한 빠르게 운남성의 서부를 가로지른 지 엿새가 지난 다음이었다.

땅거미가 지는 저녁이 시작되고 있음에도 묵면화상의 발걸음이 느려졌다.

사천성의 성 경계를 앞둔 운남성의 서북부 지역에 진입하면서부터 그랬다.

사천성의 남서부 지역과 맞닿은 운남성의 서북부 지역은 바로 묘족(苗族) 중에서 백(白)로로족과 흑(黑)로로족으로 불리는 부족의 터전이기 때문이다.

기실 묘족은 복장의 빛깔에 따라 다섯 부족으로 나뉘는데, 흑묘(黑苗), 백묘(白苗), 화묘(花苗). 홍묘(紅苗), 청묘(青苗)가 바로 그 다섯 부족이다.

그중 흑로로족은 흑묘, 백로로족은 백묘에 속하는 부족이며, 예로부터 자신들의 영역으로 들어온 그 어떤 이민족도 용서한 적이 없다고 알려졌을 정도로 호전적이라는 악명이 자자한 부족으로 통한다.

묘족 중에서도 그들 두 부족은 자신들을 둘러싸고 있는 그 어떤 민족에게도 정복된 적이 없으며, 절대 동화되지도 않은 채 대대로 사천성의 남서부와 운남성의 서북부가 맞닿은 밀림 지역을 굳건히 수호하며 살아가고 있는 폐쇄적인 집단이었다.

다만 묵면화상의 발걸음이 느려진 것은 그들, 두 부족이 두려워서가 아니었다.

참으로 오랜만의 여유였다.

오독문의 제자들은 묘강의 그 어떤 부족들도 두려워할 이유가 없었고, 거기엔 묘족 중에서 가장 호전적이라고 악명이 자자한 그들, 두 부족도 예외일 수 없었다.

아는 사람은 다 아는 사실이나, 묘강에서 오독문은 절대적인 신앙처럼 대대로 존중받아야 마땅할 이름으로 통했기 때문이다.

다만 그럼에도 불구하고 묵면화상이 애써 여독에 지친 몸을 쉬지 못하는 이유는 오직 하나, 그리 멀지 않은 지역에 자리한 남맹 소속의 점창파 때문이었다.

묵면화상은 아직 강호 무림의 상황이 급변해서 북련과 남맹의 싸움이 우야무야 새로운 국면으로 접어들고 있다는 사실을 전혀 모르고 있었기 때문이다.

그러나 그런 상황과 무관하게 묵면화상은 한시름 놓고 있었다.

나름 점창파의 경계를 주의하고 있긴 하나, 그다지 크게 걱정하지는 않았다.

제아무리 구대 문파의 하나인 점창파라고 할지라도 이족(夷族) 중에서 가장 지독하다는 흑로로족과 백로로족의 접경 지역에서는 마음대로 활보할 수 없을 터였다.

'문제는 사천으로 입성한 다음인데……!'

묵면화상은 골치가 아팠다.

사천성은 대대로 그들 오독문과 대립하는 사천당문의 영역이었다.

'주군의 이름이 통하면 좋겠는데 말이야.'

묵면화상이 지난번 독전지회에서 마주친 팔비독종 당백과 다비독종 당소, 그리고 자진해서 설무백과의 싸움을 무승부로 선언하며 물러난 당문독룡 당가천 등의 지극히 호의적인 모습을 떠올리며 기대감을 드높일 때였다.

슛! 수슛-!

어디선가 공기를 가르는 예리한 바람 소리가 들려왔다.

고도의 수련을 통해 극도로 발달한 청각이 아니면 들을 수 없는 소리였다.

묵면화상은 당연히 그 소리를 들었고, 더 나아가서 그 소리가 묘족을 포함한 묘강의 이족들이 사용하는 독침이 날아가는 소리라는 것까지 예리하게 간파할 수 있었다.

'설마 놈들이 벌써……?'

묵면화상은 털컥 심장이 내려앉았다.

지금 들려온 소리는 분명 로로족의 전사들이 독침을 사용하는 소리였다.

그리고 로로족의 전사들이 독침을 사용할 때는 자신들의 호의를 거절하는 낯선 침입자들이 있을 경우였다.

그때였다.

"대체 애들이 왜 이러는 거냐?"

본능처럼 전신의 감각을 북돋으며 귀를 기울인 묵면화상의 귓가로 누군가의 짜증스러운 목소리가 들려왔다.

묵면화상은 절로 눈이 커져서 일견도인을 쳐다봤다.

마침 일견도인도 그와 마찬가지로 눈이 커져서 그의 시선을 마주하고 있었다.

그도 느낀 것이다.

지금 들려오는 목소리는 절대 이런 장소에서 들을 수 있는 목소리가 아니라는 사실을 말이다.

"설마 환청……?"

묵면화상과 일견도인은 누가 먼저랄 것도 없이 동시에 탄성과도 같은 의혹을 드러내며 목소리가 들려온 방향으로 고개를 돌렸다.

하지만 역시나 행동은 묵면화상이 먼저였다.

"내, 내가 가 보지!"

하도 감정이 격해진 묵면화상은 전에 없이 말까지 더듬으며 허겁지겁 신형을 날렸다.

고요가 내려앉은 밤에 들려온 목소리라 그리 가깝지는 않을 것이라고 판단해서 전력을 다했는데, 과연 그랬다.

묵면화상은 높게 자란 밀림의 나무를 이리저리 건너뛰며 이백여 장이나 달려가서야 목소리가 들려온 목적지에 도착할 수 있었다.

수림이 우거진 한쪽으로 드문드문 흙바닥이 보이는 나지막한 능선의 비탈길이었다.

묘족들이 내놓은 길로 보이는 곳이었는데, 거기 독침을 쏘아

내는 긴 대롱을 겨눈 백여 명의 묘족들이 일단의 무리를 포위하고 있었다.

묵면화상은 그들, 무리를 눈으로 확인한 순간, 왈칵 눈물이 쏟아질 뻔했다.

환청이 아니었다.

그들, 무리에는 혹시나 환청인가 했던 목소리의 주인인 예충을 비롯해서 풍사와 화사를 포함한 광풍대의 대원들이었다.

"예 노선배가 어떻게 여길……?"

묵면화상은 너무 놀라고 기쁜 나머지 얼떨결에 말을 하고 나서야 사태의 심각성을 깨달았다.

예충 등을 겨누고 있던 묘족들의 독침 대롱 중 일부가 그를 향해 돌려지고 있었다.

지금의 그에게는 묘족과 소통할 수 있는 방법이 없다는 사실을 간과하고 무작정 달려왔던 것이다.

그래서 절로 아차하며 식은땀을 흘리는 그를 향해 아무것도 모르는 예충이 반색하며 손을 흔들었다.

"여, 반갑다! 여길 어떻게 오긴, 서려부로 가는 중이었지. 주군께 그쪽으로 넘어올 거라고 했다면서? 너희들이 하도 늦장을 부리니, 우리보고 가서 끌고 오라고 하더라. 흐흐흐……!"

"……!"

묵면화상은 기겁하며 나섰다.

말을 하는 거야 그러려니 하지만 손까지 흔들고 있었다.

이건 포위하고 있는 묘족들을 도발하는 것과 다름없는 행동이었다.

묘족들의 독침이 예충이나 풍사, 화사 등이 고수에게는 별다른 영향을 끼치지 못할 테지만, 광풍대의 대원들에게는 치명적일 수 있기에 그가 반사적으로 나선 것이었다.

묘족들을 죽이고 싶지는 않았지만, 광풍대의 대원들이 위험에 빠지게 그냥 둘 수는 없었다.

그러나 다행스럽게도 그런 일은 벌어지지 않았다.

마침 그 순간에 일견도인과 독후 이이아스 등이 나타났기 때문이다.

"오독문의 행차다! 모두 물러서라!"

사인교에 앉은 독후 이이아스의 매서운 일갈이었다.

독침을 쏘려고 움찔하던 묘족들이 일제히 모든 행동을 멈추며 물러나서 무릎을 꿇었다.

예충 등에게 일 장에 달하는 긴 독침 대롱을 겨눈 채 주변을 에워싸고 있던 묘족은 백로로족이었다.

묘강에 사는 대부분의 묘족들이 그렇듯 백로로족의 복장도 알록달록 요란한 것이 정상이 아니었지만, 허리와 목에 줄지어 두른 백색의 장식구들이 그것을 나타내고 있었다.

다만 다들 같은 행색으로 보이나, 엄연히 차이가 나는 다른 복색이었다.

외지인들은 알아보기 힘들지 몰라도 묵면화상과 일견도인,

그리고 독후 이이아스 등 오독문의 제자들은 첫눈에 그것을 알아볼 수 있었다.

독후 이이아스의 시선이 물러나는 묘족의 무리 중 한 사내에게 고정된 것은 그 때문이었다.

크고 건장한 온몸에 어지러운 문신이 가득한 묘족, 백로로족의 전사였다.

눈치 빠른 사람은 다 알아차렸을 테지만, 그 사내가 가장 먼저 무릎을 꿇자, 백로로족의 모든 전사들이 독침 대롱을 내리며 물러나서 무릎을 꿇었다.

누군지는 몰라도, 그 사내가 바로 지금 출동한 백로로족 전사들의 수장인 것이다.

이이아스가 물었다.

"너는 가도극(迦導極)과 어떻게 되는 사이냐?"

아는 사람만 아는 얘기지만, 가(迦)는 성이고, 도극(導極)은 이름이다.

그리고 묘족의 모든 부족은 오직 귀족만이 성을 가질 수 있었고, 오직 귀족만이 전사가 될 수 있다.

눈으로 구분하기도 매우 쉬웠다.

일장에 달하는 긴 독침 대롱을 사용하는 사내가 사냥꾼이며, 한자 가량의 작은 독침 대롱에 칼을 차고 다니는 사내가 전사이다.

각설하고, 지금 이이아스는 도극이라는 이름을 가진 가 씨

귀족인 전사를 언급한 것인데, 그녀의 말을 들은 백로로족의 젊은 전사가 대답했다.

"저는 백로로족의 족장 가도극의 첫째 아들인 가루라(迦樓羅)입니다."

이이아스가 수긍하는 빛으로 고개를 끄덕이며 다시 물었다.

"반갑다, 가루라. 한데, 네 아비인 가 족장은 우리 오독문과 그리 적조하지 않게 지냈는데, 그의 장자인 너는 지금 왜 싸움에 나선 것이냐?"

젊은 전사, 가루라는 지금 하반신의 중요 부위만 천으로 겨우 가리고 윗도리는 벌거벗은 것과 다름없이 그대로 드러내 놓고 있었다.

기실 그것이 묘족 전사의 보편적인 복장이긴 한데, 문제는 지금 그가 밖으로 드러난 피부에 진흙을 발라서 밀림과 같은 암록색의 치장을 했다는 사실이었다.

이는 바로 적을 맞이하는 전쟁이나 싸움을 앞둔 전사의 치장이라는 것을 이이아스는 알고 있었다.

가루라가 거듭 깊이 고개를 숙이며 대답했다.

"오해이십니다, 독후. 이는 부족의 영역 이곳저곳에서 외세의 징후로 보이는 침입이 포착되는 바람에 나선 것일 뿐, 독후를 배격하거나 모독하려는 마음은 전혀 없습니다. 부디 독후의 행차임을 알아보지 못한 저희들의 무지를 용서해 주십시오."

"이곳저곳……?"

이이아스는 대뜸 안색을 바꾸며 재우쳐 물었다.

"다른 어느 지역에서 또 외세의 징후가 있다는 것이냐?"

가루라가 대답했다.

"여기서 동남쪽인 백화림(白化林)입니다. 두 무리가 움직이고 있다는 사냥꾼들의 연락이 와서 둘째인 가뢰도(可雷到)가 그쪽으로 갔습니다."

이이아스의 커진 두 눈이 대번에 묵면화상에게 돌아갔다.

"숙부님들이에요! 우리를 위해서 놈들을 따돌리려고 방향을 트신 것이 분명해요!"

묵면화상도 이미 눈치 빠르게 사태를 짐작하고 있었다.

즉시 고개를 끄덕이는 것으로 그녀의 말에 동의한 그는 재빨리 예충에게 시선을 주며 말했다.

"당장 저쪽으로 가서 녀석들을 구해야 합니다! 도와주십시오!"

꙳

묘족 전사 가루라의 말은 어김없는 사실이었고, 독후 이이아스의 예상도 정확했다.

무진행자는 소광동자를 등에 업은 채 묵면화상 등이 가는 북쪽과 다른 방향인 동쪽으로 가고 있었다.

묵면화상 등의 뒤를 따라가다가 중도에 생각을 바꾸었다.

추적자들을 따돌릴 자신이 없어서 그랬다.

그대로 가다간 자신들로 인해 묵면화상 등마저 위험했다.

절대 그럴 수는 없었다.

자신들만으로 끝내는 것이 백 번 옳고, 좋은 일이었다.

"동쪽으로 가자."

"좋은 생각이다."

먼저 얘기를 꺼낸 것은 소광동자였지만, 무진행자도 기다렸다는 듯이 동의했다.

소광동자는 목숨을 버리자는 말과 같은 제안을 추호도 망설임 없이 승낙하는 무진행자에게 미안함을 느끼며 한마디 더 했다.

"날 두고 가면 더 좋은 생각인데……."

"죽고 싶냐?"

"응."

"그래서 싫다. 죽고 싶은 놈 죽는 꼴을 내가 어떻게 보나? 어림없는 수작이지. 그러니 헛소리하지 말고 단단히 매달려 있어. 지금 나 절대 포기한 거 아니다. 넉넉잡고 사흘만 참아. 이대로 순조롭게 운남성만 벗어나기만 하면 무슨 수가 나도 날 것 같으니까."

농을 가미한 무진행자의 다부진 충고에도 불구하고 소광동자의 두 손에는 힘이 들어가지 않았다.

힘을 주지 않는 것이 아니라, 힘을 주지 못하는 것이었다.

소광동자는 그 정도로 기력이 떨어져 있었다.

무진행자는 그것을 느끼면서도 전혀 내색하지 않았다.

대신 상의를 찢어 낸 다음, 돌돌 말아 줄처럼 만들어서 등에 업은 소광동자의 엉덩이 아래로 돌려 앞에서 묶고, 느슨하게 자신의 목을 잡고 있는 소광동자의 두 손의 소매도 당겨서 묶었다.

소광동자가 투덜거렸다.

"내가 젖먹이 애냐?"

"그랬으면 더 좋았지. 적어도 지금 너처럼 개 풀 뜯어먹는 소리는 안 할 테니까."

무진행자가 짐짓 사납게 구박하며 한결 더 빠르게 밀림을 헤쳐 나가기 시작했다.

그러나 무진행자의 기대와 달리 그들은 순조롭게 운남성을 벗어날 수 없었다.

추적자들에게 꼬리를 잡혀서가 아니었다.

소광동자의 육체가 더 이상 버티지 못했기 때문이다.

동쪽으로 방향을 바꾼 지 하루하고도 반나절이 지나가는 저녁이었다.

소광동자가 불쑥 말했다.

"야, 말라깽이야. 잠시 좀 쉬었다가자."

무진행자는 다른 때 같았으면 지랄한다는 욕설로 구박하며 무시했을 터였다.

하지만 지금의 그는 그럴 수 없었다.

소광동자의 두 손은 더 이상 그의 목을 잡고 있지 못하고 있었고, 입에서 뿜어지는 뜨거운 열기가 그의 목을 아프도록 뜨겁게 달구고 있었다.

등에서 느껴지던 핏물의 축축함이 언제 어느 때부터인지 모르게 뜨듯함 대신 서늘함을 전하는 것도 정상이 아니었다.

이젠 부정하고 싶어도 부정할 수 없었다.

소광동자는 죽어 가고 있었다.

"……그래, 그러자."

무진행자는 발길을 멈추고 소광동자를 고정했던 목과 허리의 끈을 풀었다.

소광동자가 뒤로 넘어갔다.

무진행자는 재빨리 그런 소광동자를 부축해서 적당한 나무 둥치에 등을 기대게 해 주었다.

소광동자가 선혈이 낭자한 자신의 모습을 훑어보고는 히죽 웃으며 툴툴거렸다.

"지랄이네."

무진행자가 애써 소광동자를 외면하며 말을 받았다.

"뭐가?"

소광동자가 나무둥지에 머리를 기대고 자신의 상처를 외면한 채로 먼 하늘을 바라보며 말문을 돌렸다.

"깜장이와 왕눈이는 괜찮겠지?"

묵면화상과 일견도인을 두고 하는 말이었다.

그들은 그렇듯 상대의 치부를 아무렇지도 않게 언급할 수 있을 정도로 가까운 사이였다.

"괜찮겠지."

"그렇겠지?"

"응."

"지랄이네."

"또 뭐가?"

"……녀석들도, 반면이나 너도 다 고맙고 좋은데, 하필이면 이 마당에 마냥 빡빡하게만 구는 젊은 주군이 왜 갑자기 보고 싶은 건지 모르겠다. 뭐 하나 내게 잘해 준 것도 없는 사람인데 말이야."

무진행자가 소광동자에게 시선을 주지 않은 채로 타박하듯 물었다.

"정말 그걸 모르냐?"

"너는 아냐?"

"알지."

"왜 그런 건데?"

"주군은 믿음을 주잖아. 언제 어디서나 기댈 수 있는 사람이라는 믿음을 말이야."

소광동자가 한참 만에 대답했다.

"……그래, 이제 보니 그런 것 같네."

"그걸 이제 알다니, 멍청한 녀석."

무진행자는 한마디 구박을 끝으로 그냥 그렇게 묵묵히 자리를 지키며 앉아 있었다.

얼마의 시간이 그렇게 흘러갔을까?

무진행자는 길게 심호흡을 하고 늘어지게 기지개를 켜서 지치고 나른해진 몸을 풀었다.

그리고 툭툭 몸을 털며 일어나서 허리의 칼을 뽑아 들고 전방을 주시했다.

끝내 소광동자에게는 시선을 주지 않았다.

이제 더는 죽은 동료를 보고 싶지 않아서였다.

그는 소광동자가 숨을 거두었다는 사실을 이미 느낌으로 알고 있었다.

무진행자가 주시한 전방의 밀림이 갑자기 어수선해진 것은 바로 그때였다.

사람의 기척이었다.

츠르르르륵—!

빠르게 접근하던 사람의 기척이 한순간 멈추었다.

다음 순간, 오밀조밀하게 붙은 아름드리나무 사이로 우거진 수풀이 좌우로 벌어지며 일단의 무리가 모습을 드러냈다.

무진행자는 어금니를 악물고 그들을 노려보는 상태로 미소를 지으며 말했다.

"작전 성공!"

그의 말대로 적을 유인하기 위해서 중도에 방향을 바꾼 작전은 성공이었다.

나타난 무리는 바로 독안나찰과 금면나찰을 위시한 삼십여 명의 흑의사내들이었던 것이다.

게다가 더욱 고무적인 것은 독안나찰과 금면나찰은 비교적 멀쩡했으나, 나머지 흑의사내들은 온전한 자들이 그다지 많지 않다는 사실이었다.

와중에도 무작정 도주하지 않고 군데군데 독충과 독물을 이용한 함정을 설치한 것이 상당한 효과를 보았다는 방증이었다.

"뭐, 뭐라고?"

무진행자의 말을 들은 독안나찰과 금면나찰의 얼굴이 볼썽사납게 일그러졌다.

사실 독안나찰과 금면나찰은 가뜩이나 쫓아오면서 무진행자가 파 놓은 함정에 당해 죽은 수하들을 보면서 쌓인 분노가 이만저만이 아니었다.

애써 억누르고 있긴 하지만, 일말의 불씨만 생겨도 당장에 폭발해 버릴 화약고와 같은 것이 그들의 심중이었다.

그런데 이제 보니 모든 것이 놈들의 수작이었고, 그들은 마냥 놀아난 것이었다.

이건 불씨가 아니라 거대한 횃불이 화약고에 던져진 격이었다.

그에 대한 당연한 반응으로 일그러진 독안나찰과 금면나찰
의 얼굴에 푸른빛이 감돌았다.

심중의 분노가 용암처럼 비등하는 것이었다.

"죽인다!"

독안나찰과 금면나찰은 씹어뱉듯 일갈하며 앞뒤 안 가리고
득달같이 달려들었다.

하지만 참을 수 없을 정도로 분노한 것은 무진행자도 다르
지 않았다.

어금니를 악문 채 입술로만 웃은 그는 극단적인 분노에 맞닥
뜨린 사람이 그러하듯 더할 수 없이 싸늘하게 변한 두 눈을 희
번덕거리며 그들의 쇄도를 마중 나갔다.

"오냐, 그래. 어디 한번 같이 죽어 보자!"

그러나 그들의 격돌은 이루어지지 않았다.

충돌하기 직전에 그들 사이로 벼락이 떨어졌기 때문이다.

꽝—!

사력을 다해 쇄도하다가 격돌하기 직전에 그만두고 물러나는
것은 어지간한 고수도 하기 어려운 일이었으나, 적어도 그들,
세 사람은 그것이 가능했다.

그 정도는 되는 고수가 그들, 세 사람이었다.

그래서 벼락은 순간적으로 물러나며 거리를 벌린 그들 사이
에 떨어져서 움푹 파인 웅덩이 하나를 만들어 놓았다.

웅덩이를 만든 그 벼락의 실체가 한 자루 칼이라는 사실이

드러나기가 무섭게 한 사람이 밤하늘을 가르는 유성처럼 떨어져 내려와 그 칼을 잡아 뽑았다.

순간, 독안나찰 등과 무진행자의 반응이 극명하게 갈렸다.

독안나찰과 금면나찰 등의 부릅떠진 두 눈에는 충격과 경각심이 가득 들어찼다.

반면에 무진행자의 커진 두 눈은 벅찬 감격으로 들끓었다.

격돌하던 그들을 갈라놓은 칼의 주인이 바로 예충이었기 때문이다.

예충이 지면에서 뽑아 든 칼을 들고 그들을 번갈아 보며 고개를 갸웃거렸다.

"늦은 거야, 늦지 않은 거야?"

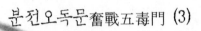

분전오독문 奮戰五毒門 (3)

예충은 이제 귀도(鬼刀)라고 불릴 정도로 뛰어난 도법을 가지고 있으면서도, 도귀(刀鬼)라고 불릴 정도로 도(刀)에 미쳐 살던 과거의 능력을 전부 다 회복했다.

오늘 그가 무진행자와 독안나찰 등의 격돌을 별반 무리 없이 차단할 수 있었던 것은 바로 그 때문이었다.

오늘의 그는 무저갱에 구속되어 있던 지난날의 그가 아니었다.

과거 흑도에서 가장 영향력 있는 흑도십웅의 선두를 다투며 마군자라 불리던 석년의 그인 것이다.

아니, 석년의 그보다 지금의 그는 더 강해졌다.

금제를 완전히 벗어나서 모든 공력을 회복한 그는 과거 석년의 자신이 한 치 앞에서 머무른 채 더는 나아가지 못했던 독문도법, 귀혼수라겁백도를 대성했기 때문이다.

오늘 그는 무진행자와 독안나찰 등을 갈라놓기 위해서 처음으로 그와 같은 신위를 드러냈다.

감격하며 크게 반기는 무진행자조차 그다음에는 그저 바랄뿐, 선뜻 말을 잇지 못하는 이유가 바로 거기에 있었다.

예충이 나타난 이후, 찰나의 순간인 그사이, 독안나찰과 금면나찰은 경각심속에 예리해진 눈초리를 빠르게 교환했다.

서로 상대에게 예충의 정체를 묻는 것이었다.

그러나 아는 사람이 없었다.

그들의 눈에 들어온 예충은 그저 산발한 머리 사이로 흐릿하고 멍청한 느낌을 주는 눈빛과 작은 체구에 불룩하게 나온 아랫배가 이채로운 땅딸보 노인에 불과했다.

아무리 봐도 산골에서 소나 끌고 다녀야 어울리는 외모의 이 늙은이가 조금 전 그들을 일격에 물러나게 만들었다는 사실이 도저히 믿기지 않을 뿐이었다.

그때 그들, 두 사람의 뒤쪽에서 누군가 속삭임처럼 나직이 중얼거렸다.

"귀도⋯⋯!"

잠시 방황하던 독안나찰과 금면나찰의 눈이 벼락을 맞은 것처럼 커졌다.

그들의 시선이 반사적으로 예충에게 돌아갔다.

귀도를 본 적은 없지만, 들은 적은 있는 것이다.

예충은 그 순간에 목소리가 들려온 방향으로 시선을 돌렸다. 그의 시선이 닿은 곳에는 작은 눈에 염소수염을 기른 중늙은이가 하나가 서 있었다.

"그래. 내가 귀도다. 이제는 잊힌 나를 기억하는 너는 대체 누구냐?"

중늙은이가 갑자기 쏠리는 장내의 시선에 크게 당황하며 독안나찰의 눈치를 보았다.

독안나찰이 그와 무관하게 발작적으로 소리치며 신형을 날렸다.

"쳐라!"

안 그래도 눈치를 보고 있던 삼십여 명의 마도수들이 일제히 튀어나갔다.

독안나찰이 그들의 선두에서 예충을 노렸다. 그런 그의 뒤에는 어느새 따라붙은 금면나찰이 있었다.

예충은 뒤늦게 반응해서 독안나찰을 마중해 나아갔다.

마지막 순간까지 주변의 동정을 살피다가 나선 것이었다.

다른 누가 더 있을지도 모른다는 생각이 들어서 끝까지 살핀 것인데, 아니었다.

더는 없었다.

'내가 너무 과민했나 보군. 하긴, 이놈도 약한 적수는 아니니……!'

예충은 한가하게 그런 생각을 하며 수중의 칼을 휘둘렀다.

칼은 반달처럼 둥글게 휘어진 끝에 이리의 이빨처럼 날카로운 톱날 두 개가 튀어나와 있는 기형도(奇形刀)였다.

과거 석년의 그에게 귀도라는 별호를 안겨 주는 데 톡톡히 한몫을 한 그 칼이 귀기 어린 검은 기류를 뿌리며 느린 듯 느리지 않게 휘둘러져서 쇄도하는 독안나찰의 칼을 강하게 후려쳤다.

까강-!

거친 금속성이 터지며 불꽃이 일었다.

조각난 강기가 사방으로 튀는 가운데, 예충의 귀도와 마주친 독안나찰의 칼이 뒤로 튀어나갔다.

"익!"

독안나찰이 크게 당황한 기색으로 물러나며 튕겨 나는 칼을 바로잡았다.

예충이 그런 그에게 이어지는 자연스러운 동작으로 두 번째 칼질을 가하려 할 때, 그의 뒤를 따르던 금면나찰의 검극이 전방으로 삐져나왔다.

취릿-!

예충은 계속해서 휘두르던 칼을 당겨서 공격을 방어로 전환했다.

그러나 금면나찰의 검극은 그의 칼에 닿지 않았다.

챙-!

금면나찰이 뻗어 낸 검은 예충이 칼과 충돌하기 직전에 예리한 쇳소리와 함께 하늘로 쳐들렸다.

번개처럼 끼어든 검은 장창의 서슬이 금면나찰이 검을 쳐들어 버린 결과였다.

예충의 뒤를 따라온 풍사의 흑비였다.

때를 같이해서 장내가 삽시간에 피와 비명이 난무하는 아수라장으로 변했다.

풍사와 함께 도착한 광풍대원들과 마도수들의 격돌이 시작된 것이다.

"와, 이 자식들, 정말 반갑다!"

무진행자가 환호성을 지르며 전장에 뛰어들었다. 아니, 뛰어들려고 하다가 그대로 주저앉았다.

누군가 양쪽에서 나타난 두 사람이 그의 어깨를 잡아 눌렀기 때문이다.

"너는 이제 그만 쉬어!"

묵면화상과 일견도인이었다.

무진행자를 주저앉힌 그들은 대번에 전장으로 뛰어들어서 그동안 억누른 한풀이를 하듯 무지막지한 살수를 펼쳤다.

"큭큭……!"

무진행자가 그대로 주저앉은 채로 어색한 웃음을 흘렸다.

뭉클해진 마음에 절로 코끝이 시큰해지며 붉어지는 눈시울을 감추려는 노력이었다.

반면에 급변한 상황으로 인해 다급해진 독안나찰과 금면나
찰이 불안해진 시선을 교환했다.

도대체 뭐가 어디서부터 어떻게 잘못된 것인지는 모르겠으
나, 상황이 역전되었다.

애초에 계획된 것일까, 아니면 그저 우연의 일치인 것일까?

지금 그들은 완벽한 함정에 빠진 것처럼 구석에 몰려 있었
다.

'물러나야 한다!'

독안나찰과 금면나찰은 시선을 마주치는 순간에 이미 같은
결정을 내리고 있었다.

그렇지만 지금의 그들에게는 그럴 수 있는 기회조차 주어지
지 않았다.

"놈!"

짧은 일갈과 함께 쇄도한 한줄기 매서운 살기가 독안나찰의
목을 노렸다.

풍사의 개입으로 금면나찰을 상대할 필요가 없어진 예충의
예리한 공격이었다.

"혁!"

맞받아치기에는 늦었다고 판단한 독안나찰은 사력을 다해
서 물러났다.

하지만 예충은 그저 칼을 휘두른 것이 아니라 빠르게 쇄도하
며 칼을 휘두르는 것이고, 그 속도는 그가 물러나는 속도보다

더 빨랐기 때문에 그들의 사이의 거리는 벌어지지 않고 오히려 가까워졌다.

독안나찰은 뒤늦게 그와 같은 현실을 인지하며 다급하게 수중의 칼을 휘둘렀다.

쨍-!

거친 쇳소리가 터지며 독안나찰이 휘두른 칼이 허공으로 떠올랐다.

궁지에 몰려서 어쩔 수 없이 휘두른 칼질에 무슨 위력이 있을 것인가.

상대적으로 예충의 칼질은 단지 예리하기만 한 것이 아니라 엄청난 파괴력이 담겼다.

독안나찰은 손바닥이 찢어지고 손목이 부러져 나가는 고통을 이기지 못하고 칼을 놓쳐 버린 것이다.

"으으……!"

독안나찰은 부러진 손목을 부여잡고 연거푸 뒤로 물러났고, 예충은 그런 그를 따라가며 새로운 칼질을 준비했다.

금면나찰이 그 모습을 보고 도움을 주려 했으나, 여유가 없기는 그도 마찬가지였다.

예충을 공격하던 그의 검극을 걷어 낸 풍사의 장창 흑비가 연속해서 그의 요혈을 노리고 있었던 것이다.

"이익!"

금면나찰은 이를 악물며 사력을 다해서 풍사의 공격을 막고 또 막았다.

어떻게든 장내를 벗어나야 한다는 마음은 굴뚝같았으나, 도저히 빠져나갈 구멍이 보이지 않았다.

풍사의 창격(槍擊)은 너무도 신날하고 비범해서 빠져나갈 구멍을 찾기는커녕 빠르게 상처만 늘어갔다.

겨우겨우 간신히 요혈은 피하거나 막고 있기는 해도, 와중에 이리 찢기고 저리 긁힌 상처로 인해 그는 이미 선혈이 낭자한 모습이었다.

'도대체 수십 년 전에 죽었다고 알려진 흑도의 고수가 왜 지금 이 자리에 나타난 것일까?'

금면나찰은 다른 무엇보다도 그게 더 궁금해서 미치고 환장할 노릇이었다.

그런데 그가 안다면 미치고 환장할 노릇이 하나 더 있었다.

풍사는 지금 전력을 다하고 있지 않았다.

낯선 그의 정체를 지닌 바 무공을 통해 파악해 보려는 마음에 말 그대로 적당히 상대하고 있었다.

그리고 그것은 독안나찰을 상대하는 예충도 같았다.

예충은 칼을 놓치며 적나라하게 드러난 독안나찰의 가슴 요혈을 보고도 공격하지 않았다.

이어서 독안나찰이 자세를 바로하기를 기다렸다가 뻗어 낸 그의 귀도에 다시금 중심을 잃고 나자빠졌음에도 굳이 외면해 버렸다.

그 때문이었다.

예충과 풍사는 동료의 복수로 독안나찰과 금면나찰의 목숨을 취할 기회를 잃어버렸다.

사삭! 쓱싹-!

미세한 소음과 함께 눈에 보이지 않는 미지의 무언가가 공간을 가르며 날아와서 독안나찰의 목을 스치고 지나갔다.

다음 순간, 마찬가지의 소음과 기세가 장내를 가로지르며 금면나찰의 목도 스치고 지나가며 사라졌다.

살기는 전혀 발하지 않지만, 무언가 엄청난 위압감을 주는 기세의 흐름이었다.

순간, 독안나찰이 먼저, 그다음에 금면나찰의 머리가 옆으로 기울어졌다.

반듯하고 매끄럽게 잘려 나간 목의 붉은 단면이 드러나며 분수 같은 핏줄기를 뿜어냈다.

머리를 잃은 독안나찰과 금면나찰의 몸이 그제야 썩은 고목처럼 넘어갔다.

바닥에 떨어져서 우연찮게도 밤하늘로 향해 있는 그들의 두 눈은 그저 멍하기만 해서 아직도 여전히 자신들이 왜 죽었는지 모르는 것처럼 보였다.

"야! 너 이 계집……!"

예충과 풍사의 사나워진 눈초리가 거의 동시에 한 방향으로 돌려졌다.

거기 그들의 시선이 돌려진 곳에는 독후 등과 함께 행동하느라 가장 늦게 장내에 도착한 화사가 있었다.

예충과 풍사는 와중에도 독안나찰과 금면나찰의 목숨을 취한 것이 절대의 기환병기이자 희대의 암기인 화사의 비환임을 정확히 알아봤던 것이다.

"알아요, 알아. 놈들의 정체를 파악해 보려고 그리 뜸을 들이고 있었다는 거."

화사가 두 손을 내밀며 말하지 않아도 다 알고 있다는 듯 말하고는 이내 어깨를 으쓱하며 변명했다.

"근데, 이놈 하나면 될 것 같다고 여기 묵면 할아버지가 말했거든요."

화사의 곁에 서 있는 묵면화상의 발치에는 중늙은이 하나가 무릎 꿇려져 있었다.

예충과 풍사는 첫눈에 중늙은이의 정체를 알아보았으나, 묵면화상은 굳이 설명해 주었다.

"예 선배를 알아본 놈이오."

장내의 싸움은 이미 끝나 있었다.

적의 생존자는 오직 그 중늙은이 하나였다.

예충은 주변에 널브러진 적들이 시체를 훑어보며 발걸음을 옮겨서 장내의 한쪽 나무등치에 등을 기대고 있는 소광동자에게 다가갔다.

소광동자가 이미 죽었다는 것은 굳이 묻지 않아도 알 수 있는 일이었다.

소광동자의 깊게 그늘진 얼굴과 파리하게 식어 버린 입술이 그것을 말해 주고 있었다.

예충은 그래도 굳이 소광동자의 곁으로 가서 쪼그리고 앉으며 묵묵히 생사를 확인했다.

역시나 소광동자는 죽어 있었다.

그 싸늘함에 절로 부르르 몸서리를 치며 힘겹게 일어난 예충은 정말 말하기 싫은 말을 꺼내는 사람처럼 몇 번이나 입술을 달싹이며 침을 묻히다가 어렵사리 물었다.

"반면은?"

묵면화상의 시선이 슬며시 무진행자에게 돌아갔다. 이제 보니 그도 아직 그것을 묻지 않은 것이었다.

아마도 진실을 알기 두려워서 그랬을 텐데, 무진행자가 애써 담담한 태도로 대답했다.

"먼저 갔어요. 덕분에 제가 살았죠."

가없는 침통함이 장내를 억눌렀다.

장내의 분위기가 무겁게 가라앉은 가운데, 예충이 길게 탄식했다.

"휴, 주군께 이 사실을 어떻게 말씀드려야 할지 답답하군."

다들 같은 심정인지 장내에 침묵이 내려앉았다.

모두가 심히 착잡해진 표정으로 고개를 숙이거나 먼 산을 바라보고 있었다.

오직 한 사람, 늘 주변의 상황과 무관하게 자신의 주장을 펴는 화사만이 냉철하게 현실을 직시하며 말했다.

"일단 서둘러 정리하고 떠나죠? 여기서 더 지체해서 좋을 게 하나도 없을 것 같네요."

"그러지."

예충이 고개를 끄덕이는 것으로 즉시 수긍하고는 생포한 염소얼굴의 중늙은이를 매섭게 직시하며 말했다.

"저놈은 살려서 주군께 데려가는 것으로 하지."

내색은 삼갔으나, 화사가 발길을 재촉한 것도, 예충이 그녀의 말에 동의하며 발길을 서두른 것도 결국은 다 점창파를 염두에 둔 행동이었다.

지금 그들이 머무는 운남성의 중남부 지역은 점창산(點蒼山), 바로 점창파가 멀지 않았다.

강호 무림이 급변해서 남북대전이 우야무야 휴전을 넘어서 종전으로 넘어가고, 더 나아가서 남무림과 북무림이 손을 잡으며 무림맹이 창설될 거라는 얘기를 듣기는 했으나, 아직은 모든 것이 미지수였다.

솔직히 말하면 예충 등의 뇌리에는 아직도 그 얘기가 선뜻 믿기 어려운 이야기로 새겨져 있었다.

제아무리 오월동주(吳越同舟)라는 말이 있긴 하나, 어제 싸우던 적이 오늘 손잡고 어깨동무를 한다는 것은 쉽게 납득하기 어려운 일인 것이다.

천외천의
주인

물론 다른 누구도 아닌 설무백의 예견인지라 억지로 믿고는 있었다.

그러나 아직은 어쩔 수 없이 반신반의하는 마음이었고, 그와 상관없이 점창파와 마주쳐서 좋을 것이 하나도 없다는 생각이 맞물려서 발길을 서둘렀다.

다만 이미 점창파의 영역에 들어선 후였으며, 그것도 이것저것 가리지 않고 싸움까지 벌인 마당이라 점창파의 이목을 피하기가 쉽지 않은 상황이었다.

그런데 로로족이 그들을 도왔다.

묘강에 속하는 운남의 전역은 누가 뭐래도 그들, 로로족의 터전이었으며, 오독문은 대대로 그들이 추앙하는 묘강의 살아 있는 전설이었다.

그래서 본의 아니게 그들의 곁을 지킨 백로로족의 족장 가도극의 두 아들인 가루라와 가뢰도가 그들의 돕겠다고 나섰던 것이다.

"여기는 제가 정리하도록 하지요."

"제가 사천으로 넘어가는 빠른 길을 알고 있습니다."

가뢰도가 남아서 정리를 하겠다고 자청한 가운데, 가루라가 길잡이로 나섰다.

가루라는 사람의 이목이 닿지 않으면서도 보다 빠르게 운남성을 가로지를 수 있는 지름길에 정통했다.

그래서였다.

예충 등은 어쩌면 점창파의 검객들과 한바탕 드잡이를 할지도 모른다는 각오까지 했으나, 그 각오가 무색하게 되었다.

예충 등은 그들, 가 씨 형제 덕분에 빠르고 무사히 운남성을 벗어나서 사천성으로 들어섰고, 곧장 안전하게 북상, 촉도(蜀道)를 넘어서 불과 여드레 남짓의 시일만으로 감숙성 난주로 입성할 수 있었다.

예충 등은 그 와중에 강호 무림의 상황이 설무백의 예견대로 돌아가고 있음을 알게 되었다.

북련과 남맹이 우야무야 해체되는 수순을 밟는 중이고, 그와 별개로 소림사와 무당파의 주도 아래 무림맹이 창설되고 있다는 소문이 세간에 파다하게 퍼져 있었다.

그리고 또 다른 소문도 파다했다.

구대 문파를 위시한 기존의 각대 문파가 알게 모르게 막대한 타격을 입었으며, 그 바람에 그간 숨죽이고 지내던 전대의 마두들이 고개를 내미는 가운데, 우후죽순처럼 생겨난 신생 방파들이 저마다 세를 넓히려고 혈안이라는 소문이었다.

하지만 그 무엇보다도 충격적인 소식은 천사교의 근황이었다.

천사교가 조만간 개교대전(開敎大典)을 벌이겠다고 강호 무림에 공표했다는 것이다.

개교대전은 문파의 문호를 열 때 벌이는 개파대전(開派大典)처럼 교단에서 개교(開敎)를 알리려는 거창한 의식으로, 세력을 과시할 요량으로 무수한 명사들을 초청하는 첩지를 돌리기도 하는 거대한 규모의 성대한 연회나 행사를 일컫는다.

결국 이는 천사교가 완전한 실체를 드러내겠다는 뜻이라, 강호 무림이 크게 술렁이고 있음은 두말할 나위도 없었다.

특정 소속 없이 강호 무림을 떠돌던 낭인들 사이에서는 벌써부터 천사교에 투신하겠다고 나선 자들이 즐비하다거나, 기존의 방파에서도 적극적으로 줄을 대려고 아우성이라는 소문도 있었다.

물론 그에 따른 반대급부로 천사교에 저항하려는 세력들도 있다고 하는데, 공개적으로 나선 세력은 아직 없는 것이 현실이었다.

즉, 아직은 그 누구도 실체가 드러나지 않은 천사교와 적대하거나 척을 지고 싶지는 않은 것이다.

강호 호사가들의 시선이 너 나 할 것 없이 전부 다 소림사와 무당파가 주도하는 무림맹에 쏠려 있다고 알려진 이유는 바로 그 때문이었다.

과연 무림맹이 천사교의 반대급부로 만들어지는 세력인지 아닌지가 그들 모두의 이목을 모으는 초미의 관심사인 것이다.

그러나 당연하게도 그와 같은 세간의 관심이 안중에도 없는 사람도 있었다.

설무백이 그랬다.

설무백은 세간의 소문이나 변화보다도 자신의 발전에 더 관심을 두었다.

　우습지 않게도 그 바람에 그때 그는 생사의 기로에서 헤매고 있었다.

분쟁오독문奮戰五毒門 (4)

시작은 호기심이었고, 그다음은 욕심이었다.

　설무백은 지난날 모용세가의 가주 모용상린과의 싸움에서 자신의 의지와 무관하게 천마검의 모용으로 발현된 흡정흡기신공을 통해서 모용상린의 내공을 흡수한 사실을 잊지 않고 있었다.

　애써 내색을 삼가고 있으나, 그건 어지간한 일은 가볍게 웃어넘기는 그에게도 매우 충격적인 일이었기 때문이다.

　그래서였다.

　설무백은 하루도 빠짐없이 늘 시행하는 운기행공 때마다 검붉은 수정의 결정체로 보이는 천마검의 기운을, 정확히는 내공의 정화를 유형의 것으로 만든 기의 덩어리를 어떻게든 자신의 것으로 흡수하려는 노력을 하고 있었다.

통제할 수 없는 일은 싫었다.

예고도 없이 무작위로 벌어지는 그따위 일은 정말이지 두 번 다시 겪고 싶지 않았다.

그리고 결정적으로 그는 막연한 감정이긴 하나, 천마검에 담긴 기운을 자신의 것으로 흡수할 수만 있다면 무림 역사상 전무후무한 어떤 것이 자신의 손에서 이루어질 수도 있다는 기대감이 들었다.

하지만 쉬운 일이 아니었다.

그는 실패하고 또 실패했다.

어려울 것이라고 예상은 했지만, 실제로 매번 실패를 거듭하자 서서히 불가능한 일일지도 모른다는 생각이 들었다.

모든 공력과 기억하고 있는 오만가지 수법을 총동원해서 노력했지만 소용없었다.

때로는 부드럽게, 때로는 강하게, 때로는 억지힘으로 눌러도 보았으나, 천마검에 내제된 기운은 요지부동, 금제된 그의 손안에서 꼼짝도 하지 않았다.

오늘도 그랬다.

설무백은 갖은 방법을 다해서 천마검의 기운을 자시의 공력과 융합하려 했으나, 모두 다 실패했다.

그러다가 문득 그의 뇌리에 떠오르는 것이 하나 있었다.

지금 그가 가진 내공의 원천인 천기혼원공은 무려 다섯 가

지나 되는 절대의 심공이 하나로 융합되어 만들어진 희대의 심공이었다.

이는 숱한 이합집산을 반복하는 과정에서 찾아낸 공통집합을 통해 이루어진 하나의 결합이다.

무릇 모든 내공심법은 무조건적으로 호흡과 기(氣)를 어떤 방법, 어떤 경로를 통해서 운행하는가에 따라 무슨 현상들이 발생하는지를 제시하며, 어느 시점까지 수련을 강화하고, 끌어 올려야 비로소 차원의 경지가 전환되는지, 바로 일성이니 이성이니 하는 경지의 단계가 오르는지, 더 나아가서 대승적으로 말하는 십성대성을 이룰 수 있는지 알 수 있다.

다시 말해서 그의 천기혼원공은 저마다 다른 운행 방식을 가진 다섯 개의 심공이 합해지는 데 가장 적당한 형식으로 이루어져 있다는 뜻이다.

그리고 이것은 결국 새로운 방식을 가진 또 하나의 심공이 결합하기 위해선 다섯 개의 심공이 결합할 수 있는 기존의 틀을 깨고, 여섯 개의 심공이 결합할 수 있는 새로운 형태의 틀을 구성해야 한다는 뜻이 된다.

설무백은 바로 이거다 싶었다.

이것이 바로 그간 자신이 천마검에 담긴 기운을 흡수하지 못한 이유라는 생각이 강하게 들었다.

평소 이것저것 따지긴 해도 결국 말이나 이론보다는 행동을 중히 여기는 그는 즉시 생각을 실행했다.

즉시 무아지경과도 같은 생각의 심연에 빠져서 천기혼원공을 구성하는 추혼마장기, 천지혼원공, 무상진기와 철마진기, 무류기공을 하나씩 따로 떼어 놓았다.

융합해서 조화를 이룬 진기를 따로 분리해 내는 것은 어지간한 고수도 가당치 않은 일이었으나, 그는 몇 번의 반복을 통해서 그것을 성공할 수 있었다.

그다음은 따로 분리한 진기를 하나하나 천마검에 내제되어 있는 기운과 조합해 보는 과정이었다.

거기서 문제가 발생했다.

그 어느 것도 하나씩은 별반 무리 없이 천마검의 기운과 융합이 되었으나, 그다음 바로 두 번째 심공을 조화시키는 것은 불가능했고, 그 과정에서 예기치 않은 사고가 터졌다.

혹시나 하고 이것저것 떼어 내고 붙이는 이합집산을 반복해 보는 과정에서 이상한 현상이 일어난 것이다.

천마검의 기운이 그가 두 번째로 융합시키려고 끌어 올린 진기를 막무가내로 끌어당겼다.

분명 상극이 되는 이질적인 진기인 것처럼 밀어내던 천마검의 기운이 갑자기 막대한 흡입력을 발휘하고 있었다.

이건 조화를 이루려는 것이 아니라 자신의 것으로 흡수해 버리려는 힘이었다.

본능적으로 그것을 감지한 설무백은 천마검의 기운을 억제하면서 천마검이 흡수하려는 진기를 차단했다.

그런데 그게 쉽지 않았다.

천마검의 기운이 막무가내로, 그리고 무지막지한 흡입력으로 진기를 빨아 당겼다.

설무백은 전력을 다해서 천마검의 흡입력을 막는 한편으로 재빨리 천기혼원공을 운기해서 하나하나 따로 분리해 놓은 단전의 내공을 하나로 합일시켰다.

하지만 그가 천기혼원공을 일으킨 이후에도 천마검의 기운이 가라앉지 않았다.

오히려 더욱 강력해졌다.

어처구니없게도 천기혼원공의 진기를 통째로 흡수하려고 드는 것 같았다.

한순간 설무백의 팔뚝 부근에 그어졌던 천마검과 천기혼원공의 경계가 무너졌다.

거기서부터 시작된 열기가 빠르게 전신으로 확산되며 이내 그의 몸이 불덩어리처럼 뜨겁게 달아올랐다.

천마검의 기운과 천기혼원공으로 끌어 올린 그의 내공이 서로를 누르기 위해 침습하며 공격하는 과정에서 일어나는 열기였다.

설무백은 못내 당황했다.

운기행공 중에 자신이 원하지 않은 이상한 현상이 몸에 생기면 그 어떤 상황에서도 즉각 운기를 중단해야 한다.

그것이 내공을 익힌 무인의 불문율이었다.

그러나 지금 그는 그럴 수가 없었다.

진기의 역류까지는 아니지만, 이미 서로 반목하며 어울릴 수 없던 두 개의 진기가 뒤섞여 버린 상태였다.

조화를 이룬 것이 아니라 뒤엉켜서 대립하며 서로를 자기 것으로 만들기 위해서 싸우고 있었다.

여기서 억지로 운기를 중단하면 기혈이 역류해서 목숨이 위태로울 수밖에 없었다.

주화입마의 늪에 한 발을 담그고 있는, 그야말로 저승 문턱을 밟고 있는 상태였다.

'서두르지 말자!'

설무백은 복잡한 생각을 정리하며 차분하게 마음을 다잡았다.

지난날 천기혼원공을 완성하는 과정에서 이미 한번 경험해 본 현상과 유사한 느낌이라서 그런지, 그리 두렵거나 걱정되는 마음은 없었다.

거기에는 다 이유가 있었다.

지금 그의 몸속에서는 두 개의 기운이 마주쳐서 일어나는 회오리가 불고 있었다.

폭풍우 치는 바다처럼 서로 성격이 다른 기운들이 무섭게 소용돌이치며 혼돈의 바다를 이루는 상황이었다.

그런데 신기하게도 그와 같은 두 기운은 그렇듯 어지럽게 그의 전신에서 충돌하고 있긴 하나, 마치 물과 기름처럼 도무지

섞이지 않고 따로 떨어져 있었다.

아무리 봐도 지금 상황이라면 다시 분리하는 것이 그다지 어려울 것 같지 않았다.

그래서 그는 그 상태로 잠시 생각에 빠졌다.

본디 서로 다른 호흡과 기의 운행을 가져서 저마다 다른 기운을 품고 있는 심법도 쌓이는 내공은 한 가지고, 일단 사람의 몸 안에서 섞이게 되면 결국 조화를 이루며 하나가 되는 법이었다.

만류귀종(萬流歸宗)이라는 말이 그래서 있는 것이다.

그런데 이게 대체 무슨 조화일까?

지금 그의 전신에서 서로 뒤엉킨 채 다투는 두 기운은 전혀 그렇지 않았다.

일반적으로 뒤엉킨 채 섞이지 않으면 역류라도 하는 것이 정상인데, 그렇지 않고 그냥 서로 그의 몸을 차지하려는 것처럼, 그것도 어디 하나 다치지 않은 완벽한 상태로 가지고 싶다는 듯 자기들끼리만 싸우고 있었다.

과연 이건 정말로 서로 어울릴 수 없는 극성의 기운이라는 뜻일까, 아니면 무언가 새로운 차원의 융합을 시사하는 현상일까?

설무백은 새삼 치솟는 호기심에 불타올라서 내친김에 지금 이 상태로 천기혼원공을 극성으로 끌어 올려서 전신에 흩어져 있는 천마검에 기인한 기운을 자신의 내공으로 흡수해 볼까 잠시 고민했다.

그러나 그는 이내 포기했다.

과욕이었다.

지금 그는 자신의 몸에서 벌어진 상태조차 제대로 파악하지 못하고 있었다.

자칫 삐끗하면 돌이킬 수 없는 길로 들어설 가능성이 매우 높았다.

'그냥 서로 이질적인 상극이라 섞이지 않고 싸우면서도 굳이 기혈을 역류하지 않는 이런 신기한 현상을 경험한 것으로 만족하자.'

설무백은 새삼 마음을 다잡고 서서히 내공을 상승시켜 전신으로 퍼져 있는 천마검의 기운을 부드럽게 밀어내기 시작했다.

혹시나 처음에 천마검을 벗어나며 그의 전신으로 침습했던 것처럼 그의 뜻을 거부하거나 반항하면 어쩌나 걱정했는데, 그런 일은 벌어지지 않았다.

천마검을 벗어나 그의 전신으로 퍼졌던 기운은 그가 밀어내는 힘에 따라 서서히 물러나더니 본래의 자리인 천마검으로 돌아갔다.

동시에 이내 뜨겁게 달아오른 기혈이 빠르게 식으며 안정을 되찾았다.

그리고 그의 왼손 팔뚝에는 이전의 모습 그대로, 아니, 이전의 느낌 그대로 천마검의 기운과 그의 내공을 단절하는 경계가 그어져 있었다.

"휴……!"

설무백은 그제야 운기행공을 끝내며 가늘고 긴 호흡과 함께 눈을 떴다.

기분 탓인지 한바탕 격전을 치룬 것처럼 온몸이 욱신거리는 것만 빼면 운기행공에 들기 전과 달라진 것은 하나도 없었다.

욱신거리는 몸과 달리 정신은 매우 맑아진 기분이 드는 그는 운기행공에 들 때의 모습 그대로 침상에 가부좌를 틀고 앉아 있었고, 창밖은 여전히 어두웠다.

'근데, 왜 배가 고프지?'

분명 식사를 끝낸 연후에 운기행공에 들었다.

하도 심력을 소모하는 바람에 허기가 찾아온 모양이었다.

그때 혈영의 목소리가 들려왔다.

"괜찮습니까?"

혈영의 질문과 동시에 방문이 벌컥 열리며 공야무륵이 뛰어들어왔다.

설무백은 어리둥절해했다.

"뭐야?"

공야무륵이 크게 떠진 눈으로 그를 쳐다보며 혈영과 같은 질문을 던졌다.

"괜찮으신 겁니까?"

"뭐가?"

"아니, 그냥······."

공야무륵이 이유를 모르게 어색해하며 말을 얼버무리는데, 이번에는 암중의 혈영이 물었다.

"뭐 요기할 거라도 가져올까요?"

설무백은 뭐지 싶었다.

공야무륵의 어색하기 짝이 없는 태도는 둘째 치고, 혈영은 지금 허기를 느끼는 그의 상황을 꿰뚫어 보고 있지 않은가.

설무백은 그제야 감을 잡으며 물었다.

"내가 오래 이러고 있었나?"

혈영이 대답했다.

"사흘입니다. 검노가 아홉 번, 쌍노가 열두 번, 그리고 제갈 군사가 서른다섯 번 다녀갔습니다."

"아······!"

설무백은 어색한 표정으로 입맛을 다셨다.

어째 온몸이 찌뿌듯하고 난데없이 허기가 진다했더니만, 무려 사흘 동안이나 가부좌를 틀고 앉아 있었던 것이다.

"어쩐지 배가 고프다 했다. 가자. 뭐 좀 먹어야겠다."

설무백은 자리를 털고 일어났다.

그때 밖에서 누군가 달려오는 인기척이 들려오더니, 이내 방문이 활짝 열렸다.

제갈명이었다.

"주군······?"

그런데 방으로 뛰어든 제갈명이 갑자기 두 눈을 크게 뜨며 굳어져서 말을 더듬었다.

"괘, 괜찮으십니까?"

설무백은 짐짓 눈총을 주었다.

"걱정도 팔자다. 고작 사흘 운기행공한 걸 가지고 왜 이리 호들갑이야!"

"아, 아니, 그게 아니라……!"

제갈명이 제대로 말을 못하다가 이내 주변을 둘러보더니, 창가의 화초장에 있던 동경을 가지고 와서 설무백의 얼굴을 비추었다.

"……이래서요."

설무백은 대체 왜 그러는지 몰라서 어리둥절하다가 이내 절로 두 눈을 멀뚱거렸다.

동경에 비친 자신의 머리가 눈처럼 하얀 백발이었다.

이유 여하를 막론하고 본연의 내공과 천마검의 기운이 일부분이라도, 아주 소량이라도 섞여서 나타나는 증상일까?

아니, 어쩌면 본연의 내공과 천마검의 기운이 대립하는 과정에서 자신도 모르게 막대한 심력을 소모했기 때문인지도 모른다.

분명한 것은 이건 자연스러운 노화 현상이 아니라는 사실이다.

과거 춘추시대(春秋時代)의 오(吳)나라의 제상(宰相)을 역임한 오자서(伍子胥)가 석년에 하룻밤의 고민으로 인해 검은 머리가 파뿌리로 변해 버렸다고 하더니, 지금 설무백이 딱 그 짝이었다.

천마검의 기운을, 그 가없는 마기의 흡수를 시도하다가 아무런 성과는 내지 못하고 머리카락만 백발이 되어 버린 것이다.

'아니, 아니다!'

아직은 몰랐다.

지금 당장은 아무런 성과를 내지 못한 것으로 느껴지지만, 아닐 수도 있었다.

지금으로서는 그게 어느 정도의 시간인지는 알 수 없으나, 서로 공존하지 못하고 치열하게 다투는 두 개의 기운을 한 몸에 담은 사람은 천하에 그가 유일할 터였다.

불가능할지도 모르는 작업이지만, 적어도 제자리걸음이 아니라 미지의 경지인 그 정도라도 나아가 본 것은 매우 큰 성과라고 할 수 있었다.

그걸 아는 것과 모르는 것의 차이는 실로 크기 때문이다.

이제부터는 누가 뭐라 해도 거기까지 마음 놓고 다가설 수 있다. 그 선 너머에 어떤 새로운 것이 있는지는 이제부터 차근차근 알아보면 되는 것이다.

'그 정도의 대가가 고작 백발 귀신이라면 싸지!'

설무백은 홀가분한 마음으로 이제 틈틈이 그에 대한 부분을 알아보는 것에 매진하라고 다부지게 결정했다.

그리고 동경을 들고 그의 얼굴을 비추며 넋이 나간 표정으로 서 있는 제갈명을 향해 눈총을 주었다.

"호들갑은……! 별거 아냐. 그저 최근에 도모하는 새로운 신공이 경지를 이룬 것뿐이니까, 신경 꺼."

제갈명이 늘 그렇듯 쉽게 물러나지 않고 믿을 수 없다는 표정으로 말꼬리를 잡았다.

"어떤 신공인데요?"

설무백은 슬쩍 손바닥을 내밀어서 들어 보이며 대수롭지 않게 반문했다.

"한번 경험해 볼래?"

설무백이 가슴 앞으로 내민 손바닥에서는 검붉은 기운이 구체를 형성하며 자글자글 끓고 있었다.

그냥 보는 것만으로도 섬뜩한 느낌을 안기는 강기의 구체였다.

제갈명이 재빨리 꼬리를 말았다.

"아닙니다. 됐습니다. 그냥 봐도 충분히 알겠네요."

설무백은 은근히 눈총을 주고는 잠시 손바닥에 응축시켜서 유형화한 무극신화강의 구체를 갈무리하며 물었다.

"그래, 그리 헐레벌떡 달려온 이유는 뭔데?"

제갈명이 잠시 백지 상태가 되어 버린 듯 눈을 깜빡이다가 이내 이마를 치며 말했다.

"아, 이런 정신을 봤나! 저기, 다름이 아니라, 반천오노가 돌아왔습니다. 오독문의 독후와 예노 등도 함께요!"

"그래?"

설무백은 반색하며 자리를 털고 일어났다.

그때 제갈명이 슬며시 그의 앞을 가로막으며 곤혹스러운 표정으로 말을 더듬었다.

"그, 그게 근데, 돌아오지 못한 사람도 있습니다."

설무백은 사태를 직감하며 물었다.

"죽었나?"

제갈명이 대답했다.

"반면서생과 소광동자가 그만……."

설무백은 묵묵히 고개를 끄덕이며 방을 나섰다.

제갈명이 뒤를 따라 붙으며 말했다.

"의정소(醫正巢)입니다."

의정소는 설무백의 지시에 따라 제갈명이 공을 들여 구성하고 있는 풍잔의 의료 기구였다.

아직 완성되지는 두 개의 전각을 포함해서 따로 구획한 다섯 개의 전각군에는 벌써 다양한 약품을 모아 둔 약포(藥舖)가 준비되어 있었고, 알게 모르게 끌어들인 의원도 어느새 여덟 명이나 되었다.

제갈명의 보고대로 반천오노를 비롯한 오독문의 독후와 예노 등은 다들 거기 의정소의 중앙을 차지한 대전의 대청에 모여 있었다.

당연하게도 치료를 위해서였다.

다들 발길을 서두느라 내색을 삼갔으나, 오독문의 제자들은 말할 것도 없고, 광풍대의 대원들 역시 묘강을 벗어나기 전에 치룬 마도사들과의 싸움으로 적잖은 상처를 입었던 것이다.

다행인 것은 그들 중에 누구도 치명상을 입은 사람은 없었다는 사실이다.

설무백이 도착했을 때, 그들은 의정소를 총괄하는 의원들의 주장(主掌)인 유익종(柳益宗)의 발 빠른 대처로 이미 모든 치료를 끝내고 휴식을 취하며 탕약을 기다리는 중이었다.

검노와 쌍노 등 풍잔의 요인들도 이미 다수가 모여 있었는데, 분위기는 매우 좋지 않았다.

다들 하나같이 암담한 눈빛에 침울한 표정이었다.

대청으로 들어서는 설무백을 보고 다들 자리에서 벌떡 일어나긴 했으나, 그게 다였다.

백발로 변한 그를 보고도 누구 하나 내색을 하는 사람이 없었다.

검노와 쌍노, 예노 등이야 잠시 어리둥절한 내색을 드러내긴 했지만, 평소 그리 익살스럽고 풍자적으로 굴던 묵면화상과 일견도인, 무진행자가 별다른 내색 없이 그저 풀죽은 모습으로 고개를 숙이며 인사하고 있었다.

"……다녀왔습니다."

설무백은 속에서 열불이 났다.

장내의 분위기나 묵면화상 등의 태도가 마음에 들지 않아서가 아니었다.

분명 이 모든 것이 어쩔 수 없는 상황에서 비롯된 것이라는 사실을 익히 잘 알면서도 못내 자신의 책임이 크다는 죄책감이 들었다.

그는 굳이 그와 같은 자신의 감정을 숨기지 않고 화를 냈다.

"뭐야? 왜 그래? 반천오노를 거기로 보낸 건 나야. 그럼 이 사고가 내 잘못에서 비롯되었다는 건데, 그럼 나도 그렇게 풀 죽어 있어야 하는 거야?"

묵면화상이 사나운 그의 분노에 당황한 듯 화들짝 놀라며 나섰다.

"아, 아니, 그게 아니라……!"

"됐고!"

설무백은 의도적으로 더욱 사납게 말을 자르고 냉정한 눈초리로 장내를 훑어보며 말했다.

"일단 상황부터 설명부터 해 봐. 상황을 알아야 나도 화든, 지랄 발광이든, 뭐라도 할 거 아냐. 누가 설명할 거야?"

묵면화상이 조심스럽게 나서서 간단명료하게 그간의 상황을 설명했다.

"오독문에 도착해서 사흘이 지난 시점이었습니다. 주군의 지시에 따라 대외적으로 알려지지 않은 모처로 오독문의 본거지를 옮길 준비가 다 끝난 참이었는데, 놈들의 공격을 받았습니다."

"놈들이 누군데?"

"모릅니다. 누군지도 모르는 놈들에게 오독문의 제자들 모두가 죽거나 뿔뿔이 흩어지는 멸문지화를 당했으며, 반면서생과 소광동자를 잃었습니다."

말미에 빠드득거리는 소리가 들렸다.

묵면화상이 너무나도 분한 나머지 절로 이를 간 것이었다.

무진행자가 쉽게 마음을 추스르지 못하는 묵면화상을 대신해서 설명을 이어 나갔다.

"반면서생과 소광동자는……."

독후 등과 중원으로 오는 도중에 적의 추적대를 뿌리치기 위해서 매복에 나선 그와 반면서생, 소광동자의 이야기가 비교적 세세하게 설명되었다.

하지만 반면서생의 죽음은 어찌어찌 냉정하게 설명하던 무진행자도 소광동자의 죽음에 이르러서는 끝내 묵면화상처럼 감정이 격해져서 몇 번이고 말을 멈추었다가 이어야 했다.

그렇게 모든 설명이 다 끝나자, 장내는 한층 더 침통한 분위기가 되었다.

설무백은 그에 아랑곳없이 냉정하게 호흡을 가다듬으며 독후 이이아스에게 시선을 주었다.

독후 이이아스는 설무백이 대청으로 들어서는 순간부터 바닥에 무릎을 꿇고 있었는데, 설무백이 시선을 주자 즉시 고개를 숙여서 설무백의 발등에 입을 맞추었다.

"독후 이이아스가 상공(相公)을 뵙습니다."

장내의 분위기가 묘하게 경직되었다.

자기들의 예법이라고는 해도 이이아스의 인사가 어쩔 수 없이 부담스럽게 보이기도 했지만, 그에 앞서 설무백을 부르는 그녀의 호칭이 불러온 충격이었다.

특히 구석에 모여 있던 사문지현과 화사, 요미는 한마디로 날벼락을 맞은 기색이었다.

상공이라는 호칭은 아내가 남편을 부르는 존칭이 아닌가.

그리고 보니 이이아스와 함께 온 오독문의 제자들은 그녀와 달리 시종일관 그저 깊이 고개만 숙이고 있었다.

설무백의 발등에 입을 맞추는 이이아스의 인사는 오직 그녀만이 하는, 혹은 할 수 있는 인사라는 뜻이라는 방증이었다.

순간, 장내의 당황한 시선들이 알게 모르게 반사적으로 묵면화상 등에게 돌려졌다.

묵면화상 등은 침묵한 채 말이 없었다.

다만 다른 사람들과 달리 이이아스의 태도를 당연하다는 듯이 받아들이고 있는 모습을 보면 그들은 이미 내막을 알고 있었다는 뜻인데, 작금의 분위기가 분위기인지라 선뜻 나서서 그것을 물어보는 사람은 없었다.

그러나 놀라고 당황스러운 것은 그들만이 아니었다.

설무백도 그랬다.

'상공……?'

설무백은 볼썽사납게 일그러진 얼굴로 묵면화상 등에게 시선을 주었다.

"나 태상호법 아니었나?"

분명히 그는 그렇게 알고 있었다.

그는 오독문의 태상호법이지, 독후의 남편이 아니었던 것이다.

묵면화상과 일견도인, 무진행자 등이 슬그머니 그의 시선을 외면했다.

설무백은 그들의 태도에 절로 고소를 금치 못하며 물었다.

"대체 중간에서 무슨 농간을 부린 거야?"

묵면화상 등이 딴청을 부렸다.

설무백은 사뭇 싸늘해진 목소리로 경고했다.

"대답 안 해?"

묵면화상이 울지도 웃지도 못하겠다는 듯한 표정으로 쳐다보며 변명했다.

"그러니까, 그게 애초부터 그리 결정된 것은 아니고요."

"아니면?"

"우리가 아무리 생각해도 주군 이상의 주군은 만날 수 없을 것 같아서 그만 그리한 겁니다. 태상호법에서 그저 비어 있는

문주의 자리로 올린 거니까 별거 아니니 너무 그리 심각하게
생각하실 필요 없습니다, 주군."

눈치를 보던 일견도인이 때는 이때다 싶은 표정으로 나서서
맞장구를 쳤다.

"암요, 그렇고말고요. 그래서 우리가 진작부터 주군을 주군
으로 부른 것이지요. 아니면 우리가 그냥 태상호법이라고 부르
지, 쓸데없이 왜 주군이라고 불렀겠습니까. 안 그렇습니까?"

설무백은 어처구니가 없는 묵면화상과 일견도인의 뻔뻔스러
움에 질려서 말문이 막혔다.

그러나 때 아닌 이이아스와 묵면화상 등의 상공 노름 덕분
에 한없이 침통하게 가라앉아 있던 장내의 분위가가 거짓말처
럼 부드럽게 쇄신되었다.

침울함이 완전히 사라진 것은 아니지만, 적어도 이제는 더
이상 울분을 토할 것 같은 얼굴을 사라지고 없었다.

뒤늦게 그와 같은 장내의 분위기를 간파한 설무백은 더는 묵
면화상 등을 추궁하지 않고, 그 옆에 서 있는 오독문의 제자들
에게 시선을 돌렸다.

이이아스의 사인교를 짊어지고 온 네 명의 거한들이었다.

묵면화상이 눈치 빠르게 그의 의중을 읽고는 그들, 네 사람
을 소개했다.

"독후의 호위인 사신사노(四神四奴)입니다."

그들은 하나같이 머리를 박박 깎고 웃통을 드러낸 거한들이

천외천의
주인

었는데, 파르라니 드러난 머리에 각기 청룡(靑龍)과 백호(白虎), 주작(朱雀), 현무(玄武)의 문신을 새긴 사내들이었다.

묵면화상이 우직한 태도로 설무백을 향해 고개를 숙이는 그들의 어깨를 두드리며 자랑하듯 덧붙였다.

"오독문의 독공에 기반한 특별한 외문기공을 수련한 아이들입니다. 힘은 세고 머리는 둔해서 독후께서 데리고 다니며 부려먹기 좋은 녀석들이지요."

설무백은 묵묵히 고개를 끄덕이는 것으로 사신사노의 인사를 받고는 마지막 남은 한 사람에게 시선을 주었다.

사신사노만큼이나 크고 건장한 몸에 어지러운 문신이 가득한 묘족 사내였다.

묵면화상이 황소처럼 큰 퉁방울눈을 끔뻑거리며 설무백을 마주보고 있는 그 묘족 사내의 뒷덜미를 눌러서 인사를 하게 만들며 소개했다.

"묘강 백로로족의 족장 아들인 가루라입니다. 운남에서 우리를 도와 길을 열어 주었는데, 영특하고 몸이 날래서 데려왔습니다. 잘만 가르치면 반면의 도법과 소광의 권법을 이어 갈 수 있을 듯해서요."

"영특하고 몸이 날랜지는 몰라도 눈치는 그다지 없는 것 같군."

가루라의 태도가 그랬다.

묵면화상이 완력으로 고개를 숙이게 만든 가루라는 자신의 의지가 아닌 그 행동이 싫은지 어떻게든 상체를 들려고 안간힘을 다하는 모습이었다.

"묘강 백로로족의 특성이지요. 아무리 윗사람의 말이라도 자신이 납득하지 않으면 이럽니다."

묵면화상이 계면쩍게 웃으며 설명하고는 곧바로 가루라에게 묘강의 말로 뭐라고 했다.

그러자 그의 손을 빠져나가려고 애쓰던 가루라가 그대로 설무백을 향해 털썩 한무릎을 꿇으며 주먹으로 자신의 가슴을 두드리며 말했다.

"가루라다!"

설무백은 무심하게 입맛을 다셨다.

"예의도 가르쳐야겠고."

묵면화상이 슬쩍 손을 내밀어서 가루라의 빳빳한 고개를 누르며 어색한 미소를 흘렸다.

"이게 얘들 예절이긴 한데, 제가 따로 중원의 예절도 철저히 교육시키도록 하겠습니다."

설무백은 묵면화상의 미소에 완전히 기분이 풀려서 장내를 둘러보며 말했다.

"그거야 알아서 하도록 하고. 이제 대충 상황 정리가 끝난 것 같으니까 이제……!"

그의 생각을 밝히려는 참이었다.

그러나 아직 상황 정리가 다 끝난 것이 아니었다.

대청의 문을 벌컥 열고 뛰어 들어오는 사람이 하나 있었다. 대력귀였다.

"……?"

대력귀는 장내에 풍잔의 요인들이 거의 다 모여 있는 것에 멋쩍은 기색을 드러내며 뒤늦게 말했다.

"깨어나셨다고 해서…… 양가장의 식구들 모두가 걱정이 태산이라……."

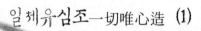

일체유심조—切唯心造 (1)

"부산스럽게 꼭 이래야 하나?"

설무백은 짐짓 툴툴거렸다.

본의 아니게 대력귀를 따라 풍잔을 벗어난 그는 검노와 쌍노 등 풍잔의 몇몇 요인들과 함께 저잣거리를 벗어나서 빛과 그림자처럼 부촌과 빈민가를 구획하는 남문대로를 건너고 있었다.

난주 제일의 부촌으로 알려진 그곳에서 동문가로 통하는 남부동로(籃阜東路)로 가는 중이었다.

부촌 중에서도 부촌으로 알려진 거기 남부동로의 안쪽인 백암방(白岩坊)에 산서성의 성도인 태원에서 이주해 온 양가장이 자리하고 있었다.

그렇다.

양가장은 태원에서 풍화장이라는 이름으로 위장했으나, 이제는 아니었다.

양가장의 이름을 당당히 사용하고 있었다.

설무백의 뜻이었다.

의지이자, 자신감의 소산이기도 했다.

양가장이 난주에 있다면 하늘이 무너지고 땅이 갈라져도 능히 지켜 줄 수 있다는, 지켜 주겠다는 것이 그의 마음인 것이다.

"양 장주의 성격을 잘 아시면서…… 식구들과 함께 우르르 나서려고 하는 것을 내가 말렸어요. 깨어나면 제가 모셔 오는 조건으로요. 아직 서먹서먹한 풍잔의 식구들이 적지 않은데 괜히 이런 일로 수선피울 거 없잖아요."

"그렇긴 하지."

설무백은 대력귀의 말이 옳다는 듯 고개를 끄덕이고 나서 재우쳐 물었다.

"하지만 그게 다는 아니지?"

"예?"

"애들 때문이잖아. 어른들이야 와서 보면 그만이지만, 애들은 오고 싶어도 올 수 없으니까."

"……."

정확한 지적일 터였다.

아이들에 관한한 그녀의 세심함은 정말 가없다는 말이 적당

천하제일의
주인

했다.

대력귀가 그의 말을 부정하지 못하고 애써 시선을 외면하다가 불쑥 말했다.

"저야 그렇다 치고, 주군이야말로 언행불일치네요."

"내가 뭐?"

"입으로는 귀찮다는 듯이 말하면서 표정은 전혀 그게 아니잖아요."

"아……!"

설무백은 굳이 속내를 감추지 않고 인정했다.

"맞아. 이래저래 생각할 것이 많아서 한시라도 빨리 그 자리를 벗어나고 싶었거든. 게다가 머리가 복잡할 때는 애들과 노는 게 최고지."

대력귀가 너무 쉽게 인정해 버리는 설무백의 태도에 머쓱해진 표정이다가 이내 그건 정말 그렇다는 듯 고개를 끄덕였다. 그러고는 이내 고개를 갸웃하며 불쑥 물었다.

"부인 하나 생긴 게 그리도 골치 아픈 일인가요? 대계의 사내들은 다다익선(多多益善)이라고 하던데?"

오독문의 독후 이이아스를 두고 하는 말이었다.

설무백이 그게 아니라고 부정하려는데, 암중에서 따르던 요미가 발끈하며 모습을 드러냈다.

"부인 아냐! 자기 멋대로 부인이라고 해서 부인이 되는 게 어디에 있어? 말도 안 되지! 만일 그런 게 있으면 내가 먼저 오빠

부인이야!"

요미가 모습을 드러낸 곳은 설무백의 뒤를 따르는 위지건의 어깨였다.

설무백이 몇 번 눈총을 주었더니 이제 위지건의 어깨로 자리를 옮긴 모양인데, 제법 잘 어울리는 조화였다.

마치 거구의 어깨에 앉은 작은 앵무새처럼 자연스럽게 보였다.

대력귀가 슬쩍 그녀를 일별하며 고개를 끄덕였다.

"하긴, 쟤 때문에라도 골치가 아프긴 하겠네요."

"흥!"

요미가 보란 듯이 코웃음을 치고는 자못 야릇하게 변한 눈초리로 대력귀를 보았다.

"언니도 여시처럼 괜히 속에 없는 말 그만하지? 오빠를 쳐다볼 때마다 갖은 아양을 다 떨고 싶은 눈빛으로 군침을 뚝뚝 흘리면서 나보고 그런 말을 하는 건 너무 심하잖아. 계속 그러면 나중에 국물도 없을 줄 알아."

"이쪽이에요."

대력귀가 서둘러 방향을 제시하며 발길을 재촉했다.

설무백은 이미 다 아는 길을 굳이 안내하는 그녀의 태도가 우스웠으나, 굳이 내색하지 않고 묵묵히 따라갔다.

풍잔이 자리한 저잣거리를 벗어났음에도 불구하고 거리에 마주치는 거의 모든 사람들이 그를 향해 고개를 숙였다.

딱히 대놓고 호들갑스럽게 반기며 인사를 하는 것은 아니지만, 대부분의 사람들이 그를 향해 공손하게 예의를 갖추고 있었다.

이제 난주의 어디를 가도 그의 존재는 매우 특별했다.

대놓고 드러내는 사람은 없으나, 난주의 주인이라는 의미가 바로 그것이었다. 그리고 그와 같은 의미는 이윽고 도착한 백암방의 양가장에서 극대화되었다.

양가장이 자리한 백암방은 약간 경사진 거리를 따라 구성된 주택가였는데, 난주의 부호들만 산다는 것을 증명하듯 높은 담과 붉은 대문만이 보이는 호화로운 저택들만 줄줄이 늘어서 있었다.

양가장은 그런 주택가의 전경이 한눈에 내려다보이는 언덕의 정상을 아우르며 드넓게 자리 잡아서 보기만 해도 시흥(詩興)이 절로일 듯이 고풍스러운 모습이었다.

멀리서 보면 거대한 한 마리의 용이 언덕을 깔고 엎드린 형상이었는데, 가까이서 보면 청동빛 기와를 얹은 높은 담장이 수십 채의 전각을 가둔 채 끝을 모르게 좌우로 펼쳐져 있었다.

그리고 서너 대의 사두마차가 어깨를 나란히 하고도 넉넉하게 들어갈 수 있을 정도의 거대한 대문이 시선을 압도해서 웅장하기 짝이 없었다.

설무백의 명령을 받은 제갈명이 몇 날 며칠 골머리를 싸맨 끝에 어렵사리 구해서 보수와 재건축을 병행한 양가장의 새로운 터전은 그처럼 지극히 고풍스러우면서도 더 없이 웅장한 느낌을 주는 거대한 장원이었다.

그런 양가장의 대문이 활짝 열려 있고, 앞에는 양웅을 위시한 가문의 요인들이 모두 나와서 기다리고 있다가 설무백을 맞이했다.

"어서 오시게, 조카님! 정말 걱정 많이 했네! 괜찮은가?"

양웅은 설무백을 보기 무섭게 달려와서 손을 잡고 여기저기 주물러 보며 난리도 아니었다.

백발로 변한 그의 머리로 인해 더욱 그런 것 같았다.

백암방이 성내의 부호들만 사는 곳이라서 낮임에도 인적이 드물어서 다행이었다.

안 그랬다면 설무백은 자신도 모르게 양웅이 손을 뿌리쳤을지도 몰랐다.

설무백은 아직도 여전히 이런 식의 감정을 대하는 것이 서툴렀다.

호방하면서도 정이 넘치는 양웅의 성격을 익히 잘 아는 설무백은 애써 그의 손길을 뿌리치지 않을 수 있었다.

"잠시 새로운 신공에 몰두하느라 이리된 것일 뿐이니, 걱정하지 마십시오."

양웅이 그의 말을 듣고 나서야 안도하는 모습이었다.

그제야 눈치를 보고 있던 양가장의 두 기둥인 양위보와 양위명, 그리고 개미굴의 아이들 때문에 여전히 풍잔이 아니라 양가장에서 생활하는 정기룡이 그를 향해 인사했다.

"오셨습니까, 형님."

"오셨습니까, 사부님."

"어, 그래."

설무백은 양웅에게 그랬듯 그들의 인사도 무안할 정도로 담담하게 받았다.

사실 그의 입장에선 사나흘 운기행공에 빠져 있었다고 이런 일이 벌어졌다는 자체가 우스울 따름이었다.

지금이야 드문 일이지만, 과거 무저갱 시절에는 운기행공의 무아지경에 빠져서 깨어나지 않는 경우가 조금 과장해서 하루가 멀게, 그것도 사나흘이 아니라 대엿새, 심하면 보름까지도 깨어나지 않는 경우가 있었던 것이다.

"이런, 내 정신 좀 봐. 노야들도 오셨군요. 죄송합니다. 제가 너무 자발머리없이 그만……."

양웅이 뒤늦게 검노와 쌍노, 예노 등을 맞이하고, 양위보와 양위명 등 양가장의 젊은 주역들과도 공손하게 인사를 나누었다.

"여기서 이럴 것이 아니라 어서 안으로 듭시다, 조카님. 안으로 드시지요, 노야들. 이래저래 번거롭게 해 드리기 싫다는 핑계로 제대로 인사도 못 드렸는데, 마침 잘 오셨습니다. 쓸데없는 걱정도 풀렸으니, 오신 김에 술 한잔하시고 가시지요."

설무백은 어차피 아이들 얼굴은 보고 갈 생각이었기에 두말

없이 양웅의 뜻에 따라 양가장을 들어섰다.

대부분의 장원이 그렇듯 양가장도 대문의 안쪽은 드넓은 마당이었다.

연무장으로 사용되는 그 마당에는 얼추 헤아려도 일천이 넘는 아이들이 도열해 있었다.

개미굴의 아이들과 대력귀가 보살피던 보육원의 아이들, 그리고 그동안 풍잔이 극비리에 전력을 다해 천사교의 마수에서 구해 낸 아이들이었다.

어느새 시작이 좀 지났다고 꼬맹이들은 벌써 팔다리가 길어진 소년으로 성장했고, 소년이었던 아이들은 제법 자라서 청년기로 넘어가는 조숙한 태가 드러나 보였다.

연무장으로 들어선 설무백이 아이들의 모습을 살피는 와중에 왜 다들 난데없이 도열하고 있는지 몰라서 고개를 갸웃하며 양웅에게 시선을 주었다.

그때 연무장의 아이들이 일제히 우렁찬 기합을 내지르며 진각(震脚 : 발구르기)을 밟았다.

"핫!"

설무백이 본의 아니게 움찔하며 다시금 아이들에게 시선을 주자, 양웅이 호탕하게 웃으며 말했다.

"하하, 놀랐나? 우리 아이들이 조카님에게 보여 주고 싶다며 내내 애걸복걸 나를 조르고 졸라서 마련한 자리인데, 어떤가? 그럭저럭 제법이지 않나?"

설무백은 왠지 모르게 가슴이 뭉클해져서 선뜻 말문을 열수가 없었다.

대력귀가 그런 그의 태도를 오해한 듯 슬쩍 낮은 속삭임으로 양웅을 거들었다.

"가능하면 제법이 아니더라도 제법이라고 해 주세요. 실력과 상관없이 그동안의 노력은 애들 모두가 칭찬받아 마땅하니까요."

설무백은 대력귀의 오해 덕분에 냉정을 되찾으며 양웅을 향해 미소를 보였다.

"양가창의 진각이군요."

양웅이 당연하다는 듯이 대답했다.

"말하지 않았나. 우리 아이들이라고."

설무백은 묵묵히 고개를 끄덕였다.

그리고 진각을 밟고 있는 아이들을 새삼스러운 눈빛으로 둘러보며 냉정하게 말했다.

"다들 제법 노력은 한 것 같다만, 아직 멀었다. 이 정도 진각으로는 수중의 창을 절반도 뻗어 내지 못할 거다. 당장 내가 내일부터 와서 제대로 호되게 가르쳐 줄 테니, 다들 단단히 각오하고 있어라."

연무장의 분위기가 소리 없이 술렁거렸다.

설무백은 그에 아랑곳하지 않고 놀란 듯 두 눈을 멀뚱거리는 양웅을 향해 물었다.

"어디로 가죠?"

"……!"

양웅이 퍼뜩 정신을 차리며 서둘러 앞장서서 길을 안내했다.

"이, 이쪽으로…… 이쪽이 안채일세."

설무백은 태연하게 양웅의 뒤를 따라갔다.

검노와 쌍노 등 나머지 일행도 아무렇지도 않게 묵묵히 그의 뒤를 따랐다.

와중에 그들과 함께 이동하는 대력귀의 얼굴에 왠지 모를 홍조가 피어났는데, 그 이유가 다음 순간에 밝혀졌다.

설무백을 비롯한 일행 모두가 그렇듯 양웅의 뒤를 따라 연무장의 전면을 가린 전각을 돌아서 안채로 이어진 소로로 접어들었을 때였다.

"와아!"

그들의 뒤에서, 바로 연무장에서 아이들의 엄청난 환호성이 울려 퍼졌다.

대력귀가 이때를 기다린 것처럼 전에 없이 밝은 미소를 드러내며 말했다.

"아이들이 저보다 낫네요. 저는 하마터면 아까 환호성을 지를 뻔했는데."

"그렇군!"

양웅이 이제야 상황을 파악한 듯 탄성을 내질렀다.

"그런 거였어! 이런 맹추 같으니라고, 조카님이 실로 아이들이 바라는 걸 해 주었다는 것도 모르고 혼자 속으로 왜 이러나 했네그려! 하하하……!"

자신의 감정에 솔직한 양웅은 정말이지 아이처럼 신나서 어쩔 줄 모르는 표정으로 웃으며 발걸음을 재촉했다.

"자, 자, 어서 들어가세! 오늘은 조카님도 단단히 각오하시게! 내 오늘은 기필코 조카님을 술자리에서 벗어나지 못하게 할 테니까!"

양가장의 장주, 양웅은 자신의 말을 지켰다.

그간 이런저런 이유로 술자리가 벌어지는 날이면 설무백은 갖은 핑계를 대고 빠졌으나, 오늘은 그럴 수가 없었다.

오늘은 양웅이 일구이언, 이부지자(一口二言, 二父之子)를 외치며 악착같이 그를 붙잡았다.

설무백은 어쩔 수 없이 순순히 포기하고 끝까지 술자리를 떠나지 않았다.

양웅은 호방하면서도 불같은 성격으로 인해 과거 신창 양세기의 곁에서 강호 무림을 누비며 진천패간(振天霸杆)이라는 별호를 얻은 인물답게 어지간하면 양보하고 물러나지만, 일단 마음을 정하면 절대 물러나는 법이 없음을 익히 잘 알고 있었기 때문이다.

그랬는데, 정작 양웅이 일찍 술자리에서 떠났다.

양웅은 술자리를 좋아하는 애주가이긴 하나, 실제 주량은 그다지 많았다.

"조카님, 술은 말일세. 사람의 마음을 호쾌하면서도 풍요롭게 만들고, 이루어질 수 없는 향수와 향락의 시간을 제공하며, 본의 아니게 사람과 사람의 마음에 세워진 벽을 허물어 준다네. 고작해야 백 년을 넘기고, 이백 년도 못 사는 삶을 가진 사람의 희로애락(喜怒哀樂)를 티끌처럼 사소하게 날려 버리며, 잊지 못할 그리움과 억울함의 분노, 참기 어려운 슬픔과 괴로움도 거짓말처럼 사그라지게 만드는 힘을 가진 것이 바로 이 한 잔의 술이라 이걸세. 그 힘에 기대서 하는 말이네만, 고맙네, 조카님."

안채의 중정에 자리한 정자에서 벌어진 술자리가 채 반시진도 지나기 전이었다.

문득 술잔을 들고 커다란 덩치, 우락부락한 얼굴과 어울리지 않게 아련한 눈빛을 드러낸 양웅은 술에 대한 장황한 예찬 끝에 짧은 감사를 전하며 고개를 숙였고, 더는 고개를 들지 못했다.

취기에 쓰러진 것이었다.

"저 사람 시문(詩文)을 공부했나? 절로 귀를 기울이게 하더니, 말미에 아무런 상관없는 사람의 가슴까지 뭉클하게 만드네."

검노가 감히 어른들의 술자리에 끼지 못하고 정자 아래서 기다리던 두 아들, 양위보와 양위명의 부축을 받아서 자리를 떠나는 양웅을 바라보며 흘린 말이었다.

"그러게 말입니다. 저도 그랬습니다."

천월이 동의하자, 환사도 같은 마음이라는 듯 가만히 고개를
끄덕였다.

분위기가 그래서 그랬을까?

예충이 묵묵히 고개를 끄덕이는 것으로 동의를 더하며 설무
백에게 넌지시 말을 건넸다.

"주군께 궁금한 것이 있습니다."

설무백은 어색한 표정으로 예충을 보았다.

"허락이 필요한 질문은 오랜만이네요. 괜찮으니까, 어서 물
어봐요."

예충이 거두절미하고 물었다.

"복수의 대상이 명백함에도 왜 적극적으로 강호 무림에 나
서지 않으시는 겁니까?"

설무백은 무심코 되물었다.

"그렇게 보이나요?"

"예, 그렇게 보입니다."

예충이 추호도 망설임 없이 대답하고는 좌중을 둘러보며 말
을 덧붙였다.

"저만 아니라 다들 그렇게 보고 있습니다."

설무백은 좌중을 둘러보았다.

주객이 전도되어 지금 좌중에는 검노와 쌍노, 예충, 풍사 등,
풍잔의 요인들만 자리했다. 바쁜 일과로 자리를 비운 제갈명과
여독으로 인해 나서지 않은 묵면화상 등을 제외하면 풍잔의 핵

심 요인들이 거의 전부 자리한 셈인데, 그들이 전부 다 예충의 말을 인정하는 눈빛으로 그의 시선을 마주하고 있었다.

"음······."

설무백은 무의식중에 고개를 끄덕이며 적당한 답을 골라서 대답했다.

"이거다 싶은 정확한 답은 아닐지 모르지만, 일단은 두려운 마음이 있어서예요."

예충이 어이없다는 표정을 지었다.

"두렵다고요?"

검노와 쌍노를 위시한 좌중 모두가 예충과 같은 표정으로 설무백을 보았다.

"무슨 그런 말도 안 되는······!"

설무백은 솔직한 마음으로 부연했다.

"스스로 생각해도 알량한 양면성으로 느껴지기는 하나, 일단은 그래요. 제가 아는 그자는 강합니다. 지금의 저로서도 승리를 장담할 수 없을 정도로요."

검노가 오만상을 찡그리며 불쑥 끼어들었다.

"대체 그자가 누구요? 혈목사마 담황과 팔황신마 냉유성을 말하는 거요, 아니면 쾌활림의 수괴인 암왕 사도진악을 말하는 거요?"

설무백은 내심 적잖게 당황했다.

담황과 냉유성이야 지난날 양가장의 몰락을 가져온 조부의 죽음과 관련되어 있으니 다들 아는 것이 당연하지만, 아직 그의 입에서 나오지도 않은 사도진악의 이름이 벌써 왜 나온단 말인가.

그는 그 누구에게도 사도진악에 대한 감정을 드러낸 적이 없었다.

예충이 그의 기색을 보며 어색한 미소를 흘렸다.

"함께한 세월이 얼마라고 아직도 그것을 모르겠습니까. 자세한 내막은 여전히 오리무중이긴 하나, 신창 어른의 복수와는 별개로 주군의 은원이 그자, 사도진악에게 있음은 벌써부터 다들 짐작하고 있었습니다."

설무백은 무색해진 표정으로 확인했다.

"개미굴 사건 때문인가?"

예충이 웃는 낯으로 대답했다.

"그 사건이 크게 일조를 하긴 했지요. 그 사건 이후부터 제갈 군사가 설레발이 이만저만 아니었으니까요. 하지만 이미 그 이전부터 다들 생각이 많았습니다. 유독 쾌활림의 존재를 눈밖에 두시는 주군의 태도가 이상해서 말입니다. 의도적인 무관심으로 보였거든요."

설무백은 쓰게 입맛을 다셨다.

"티를 안 내려고 한 것이 더욱 티를 내 버린 게 되었다는 소리군."

"그런 셈이지요."

예충이 수긍하기 무섭게 이번에는 환사와 천월이 나서며 아쉬움을 토로했다.

"때문에 조금 섭섭하기도 했습니다."

"많이는 아니고, 그저 조금…… 세세한 사연까지는 바라지도 않습니다만, 그 정도 얘기는 적어도 우리 늙은이들에게는 알려 주셔도 되는데 말입니다."

설무백은 멋쩍게 웃었다.

"사정이 여의치 않았어요. 사실 오늘 내친김에 밝히려고 했던 것도 큰 맘 먹은 셈이고요. 양 숙부의 말마따나 술기운 때문이겠죠, 아마?"

"이제라도 밝히는 것은 언제고 기회가 되면 밝히려고 했다는 뜻이니, 됐습니다."

예노가 모두를 대변하듯 한마디 하고는 술병을 들어서 설무백의 잔에 술을 채워 주며 재우쳐 물었다.

"그러니 다른 건 그만두고 그거나 한번 말해 보세요. 검 노선배의 말마따나 대체 누가 두렵다는 겁니까? 담황? 냉유성? 아니면 사도진악입니까?"

설무백은 오늘 술자리의 술은 독한 화주(火酒)라 좀처럼 단번에 마시지 않지만 이번에는 술잔의 술을 단번에 털어 넣고 나서 솔직하게 대답해 주었다.

"쾌활림의 사도진악입니다."

예충이 수긍했다.

"하긴, 개인적인 능력은 차치하고, 흑선궁과 더불어 강호 무림의 흑도를 양분했다는 세력의 수장이니, 주군께서 경계를 하는 것도……."

"아니요. 나는 쾌활림의 세력보다 그자, 암왕 사도진악을 말했던 겁니다."

"예?"

예충이 말문이 막힌 듯 멍하니 설무백을 바라보았다.

좌중의 모두가 다 그와 같은 표정이었다.

검노가 그사이에 나섰다.

"그자는 사마의 아래로 평가받는 오왕의 일인입니다. 제아무리 세간의 평가가 잘못되었다고 한들……?"

"그자는 세간에 알려진 것과 전혀 다른 인물입니다."

설무백은 잘라 말했다.

"저는 그자, 사도진악을 결코 십대 고수보다 아래로 보고 있지 않습니다."

장내에 침묵이 흘렀다.

좌중의 모두가 적잖은 충격을 받은 기색이었다.

사도진악의 능력을 설무백처럼 높이 평가한 사람은 좌중에 아무도 없었던 것이다.

검노가 단호한 어조로 장내의 침묵을 깼다.

"설령 사도진악이 세간의 평가와 달리 사마의 아래가 아니라 그 윗길인 십대고수의 반열에 올랐다손 치더라도 이 늙은이는 결코 그자가 주인을 능가하리라고는 보지 않소! 그건 주인을 떠나서 이 늙은이에게 수치요!"

지금 검노는 화를 내고 있었다.

압도적인 무위로 그를, 바로 과거 무당제일검의 자리에 올랐던 무당마검을 누른 설무백의 입에서 이처럼 나약한 말이 나온 것에 대한 분노였다.

몸소 겪어 봤기에 설무백의 엄청난 무위를 누구보다도 제대로 알고 있는 그로서는 지금 설무백의 말을 전혀 납득할 수 없었다.

설무백은 대번에 그와 같은 검노의 마음을 읽으며 가볍게 웃는 낯으로 말했다.

"오해하지 마세요. 내가 사도진악이 두렵다는 것은 그저 복합적인 의미일 뿐입니다. 이를 테면 어렸을 때 처음 보고 겁을 집어먹은 왕거미 같은 존재라고나 할까요?"

사실이었다.

전생을 기억하기 때문이라는 사실을 밝혔다가는 정말 미친놈 취급을 받을 것 같아서 이렇게밖에 설명해 줄 수 없는 상황이 답답하지만, 실로 그랬다.

전생을 통해 그가 기억하는 암왕 사도진악은 너무나도 강해서 두려웠다. 그러나 지금은 그때가 아니질 않는가.

지금의 그는 오히려 사도진악이 그때와 달리 나약한 존재일까 걱정까지 들었다.

당시와 지금이 가지는 시간의 차이까지 감안하면 작금의 사도진악은 절대 그의 상대가 될 수 없었다.

너무 쉽게 이겨서 아쉽다 못해 허무한 마음이 들지 않을까 걱정이 될 정도인데, 그건 또 그것대로 절대 원하지 않는 상황인지라 문득 우연찮게라도 사도진악이 떠오를 때면 절로 마음이 복잡해지는 것이다.

"어렸을 때 거미를 두려워했다고 해서 어른이 되어서도 거미를 두려워하지는 않지요. 그런 사람이 아주 없진 않겠지만, 거의 없을 겁니다. 어른이 되면 자연히 거미 따위는 그냥 발로 밟아서 죽이면 된다는 것을 아니까요."

검노가 물었다.

"하면, 그런 것을 두고 어찌하여 주인은 알량한 양면성이라고 한 것이오?"

설무백은 솔직하게 대답해 주었다.

"사도진악 그자가 지금의 내 생각대로 정말 별 볼 일 없는 존재인 것도 싫어서요. 그러면 너무 허무하잖아요."

그는 픽 웃으며 덧붙였다.

"그런데 또 지금의 내 생각과 달리 강한 것도 문제라 이거죠. 제가 늘 말하던 환란의 시대를 주도하는 것은 그가 아니라 따로 있으니까요."

검노가 떨떠름한 표정으로 입맛을 다셨다.

"듣고 보니 그런 것 같기도 하고, 아닌 것 같기도 하고, 기분이 참 거지같구려."

"저는 이해합니다."

예충이었다.

고개를 끄덕인 그는 의미심장한 눈빛으로 검노를 바라보며 덧붙였다.

"전에 저도 무저갱에 있을 때 그랬지요. 복수를 하려면 내가 원수인 그놈보다 강하거나 그놈이 나보다 약해야 하는데, 그렇다고 그놈이 너무 약해서 속절없이 죽어 버리면 너무 허무할 것 같아서 기분이 참 묘했지요. 그놈이 약하길 바라야 하나, 강하길 바라야 하나, 진지한 고민까지 했을 정도로요."

검노가 대번에 무슨 말인지 깨달은 듯 게슴츠레하게 좁혀진 눈으로 예충을 노려보았다.

"너 아직도 그 일로 꽁해 있는 거냐?"

예충이 시치미를 뗐다.

"아닌데요."

"아닌데, 왜 그놈이야? 지금 네가 말하는 그놈이 바로 나지 않느냐!"

예충이 멀거니 검노를 바라보며 반문했다.

"그때 소림에 저를 넘긴 거, 선배가 아니라면서요?"

"그래, 아니지."

"그럼 제 원수가 아니니까 그놈도 아닌 거죠. 저는 원수를 두고 그놈이라고 한 겁니다."

"그게 그렇게 되나……?"

검노가 이게 맞는 소린지 틀린 소린지 헷갈리는 듯 오만상을 찡그리며 눈을 치켜뜨고 생각에 잠겼다.

예충은 그러거나 말거나 시치미를 떼며 설무백을 향해 화제를 돌렸다.

"무저갱 얘기가 나와서 말인데, 한번 안 가 보십니까? 설 장군이야 북평에 있다지만, 모친께서는 여전히 거기 계신다고 하지 않았습니까."

설무백은 고개를 저었다.

"무소식이 희소식이고, 찾지 않는 것이 그분들을 위험에 처하지 않게 하는 방법이라고 생각해요."

예충이 쓰게 입맛을 다셨다.

"세상을 너무 복잡하고 어렵게 사시는 거 아닙니까?"

"천성이 그러니 어쩔 수 없죠."

설무백은 짧게 말을 자르고는 술병을 들어서 예충을 비롯해서 여전히 고개를 갸웃거리고 있는 검노, 그리고 술잔을 내려놓은 채 그들의 대화에 귀를 기울이고 있는 환사와 천월, 풍사 등의 술잔에 술을 따라 주며 화제를 바꾸었다.

"그보다 다른 얘기 아니, 우리 얘기나 해 보죠. 우리 어때요? 잘 돌아가고 있는 것 같아요?"

새로운 이야기가 시작되며 술잔이 돌고 또 돌았다.

초저녁이 시작된 술자리가 어느새 자정을 넘어가고 있었다.

"······하면, 주인은 작금의 상황을 어떻게 보고 계시오?"

"그야 당연히 천하를 수중에 넣으려는 누군가의 계략으로 보고 있지요."

"강호 무림의 경각심을 극대화해서 무림맹을 창설하게 만들어 놓는 것이 천하를 수중에 넣으려는 계략이라는 것은 너무 어불성설 아닌가요?"

"천하를 가실 수 있는 가장 쉬운 방법이 뭔지 아세요?"

"주군도 점점 제갈 군사를 닮아 가시네. 우리 같은 늙은이들은 되묻고 설명하면서 질질 끄는 건 딱 질색입니다. 그러다 숨 넘어가니, 그냥 말씀해 주세요."

"얼마나 늙으셨다고······."

"저기 저 풍 가 녀석하고 공야 녀석 등만 빼면 여기서 막내가······."

"저 녀석 무진행자죠."

"올해로 백수(白壽 : 99살)입니다."

"그렇다고 하네요. 적습니까?"

"에, 그러니까, 우선 천하를 어지럽히는 거죠. 아주 무법천지로 만드는 겁니다. 절대 서로 뭉치지 못하게, 불신이 팽배해서 내 가족, 내 친구가 얼마든지 내 등에 비수를 꼽을 수 있는 적이 될 수 있다고 의심할 정도로 말입니다."

"그다음은요?"

"그다음에는 당연히 하나씩 정리하는 거죠. 늑대가 양떼에서 떨어진 새끼 양을 사냥하듯이. 어때요? 정말 쉽죠?"

"예, 정말 쉽네요. 한데, 지금 주군 말씀은 어째 앞뒤가 맞지 않는 거 같은데요? 놈들의 계획이 그거라면 이미 계획이 틀어진 거죠. 강호 무림의 경각심을 드높여서 무림맹이 창설되도록 하는 것은 최고의 악수니까요."

"제가 말했죠. 이번에 창설되는 무림맹은 반쪽이 될 거라고."

"……설령 그렇다고 해도 놈들의 계획이 틀어졌다는 것은 분명합니다. 반쪽이라도 강호 무림의 힘이 뭉친 것은 뭉친 거니까요."

"그들과 싸우기 위해 나머지 반쪽이 뭉치면요?"

"……!"

"전에 제가 잠깐 언급했다시피 소림사와 무당파가 주도하는 무림맹은 결코 흑도를 끌어안지 못할 겁니다. 흑도는 그들이 내미는 손을 뿌리치고 따로 뭉칠 테니까요."

"작금의 강호 무림이 과거 제갈량이 주창한 세발솥처럼 삼자 구도가 된다는 건가요?"

"그게 양자 구도지, 어째서 삼자 구도죠?"

"놈들이 있잖습니까, 놈들이! 주군의 말씀대로라면 천사교를 선봉에 내세운 놈들이요!"

"저들이 나설 이유가 어디에 있죠?"

"예?"

"저들은 그냥 남몰래 버티고만 아니, 구경만하고 있으면 돼요. 소림사와 무당파가 주도하는 무림맹과 몇몇 거대 흑도가 주도하는 흑도 세력이 알아서 티격태격 싸우며 자멸(自滅)하고 공멸(共滅)할 텐데, 저들이 무엇이 아쉬워서 나서겠어요?"

"그들이 안 싸우면요? 안 싸울 수도 있지 않겠습니까."

"싸워요, 분명히."

"어떻게 그리 장담하실 수 있는 거죠?"

"그들이 안 싸우면 저들이 그들을 싸우게 만들 테니까요."

"그 말씀인 즉, 저들이 흑도 세력을 뒤에서 조종할 수도 있다는, 그런……?"

"그게 흑도 세력만일까요?"

"무, 무림맹도요?"

"자, 우리 어디 한번 냉정하게 생각해 봐요. 까놓고 말해서 어제까지 서로 패를 갈라서 싸우던 자들이 보다 더 강한 세력이 나타나자 서둘러 손을 잡은 것이 이제 곧 창설될 무림맹의 실체입니다. 그런 자들의 신뢰가 어느 정도나 될까요?"

"음!"

"저들은 남북대전의 와중에도 암중에서 강호 무림을 쥐락펴락하며 세력을 키웠습니다. 물론 저는 남북대전조차 놈들의 음모였고, 무언가 자기들의 뜻대로 돌아가지 않자 무산시킨 것이라 의심하고 있지만, 어차피 우야무야 지나간 일이니 그건 그냥 넘어가고, 제가 장담하는데, 저들은 분명 이번에도 전면에 나서지 않을 겁니다."

"주인의 입으로 저들의 선봉이라는 천사교가 이미 개교대전을 선언했는데도 말이외까?"

"어떤 형태로든 한쪽을, 바로 흑도 세력을 지지할 테죠. 일방적인 승리가 아닌 공멸을 바라며 적당한 지원을 하면서 말이에요. 물론 여차하면 흑도 세력을 통째로 먹어치울 수도 있고요."

"과연 그렇구려. 이제야 좀 작금의 사태가 명확하게 보이는 것 같소이다. 하면, 이제 말해 보시오. 그 속에서 주인이 생각하는 우리 풍잔의 위치는 어디인 것이오?"

"우리 풍잔은 그들, 두 세력과 더불어 강호 무림의 균형을 맞추는 한쪽 다리가 될 겁니다. 양자 구도를 만들려는 저들의 계획이 엇나가게 삼자 구도를 만드는 것이지요."

"그렇다면 결국 우리 풍잔이 위태로운 줄타기를 해야 한다는 뜻이군요. 경우에 따라서 무림맹도, 흑도 세력도 지원해야 할 테니 말입니다."

"매우 어려운 일일 테지만, 그래야 해요. 그게 어느 쪽으로든 힘의 균형이 한쪽으로 기울어지면 저들이 만사 귀찮아서라도 본색을 드러낼 수도 있으니까요."

"예? 아니, 그 말씀은 저들이 마음만 먹으면 얼마든지 작금의 강호 무림을 뒤집어엎을 수 있는 힘을 가지고 있다는 뜻이 아닙니까?"

"그럴 걸요, 아마?"

"아니, 그게 무슨 말도 안 되는……?"

"저들은 마음만 먹으면 얼마든지 작금의 강호 무림을 뒤엎을 수 있는 힘을 가졌다. 하지만 그들은 그 힘을 사용하지 않고 있다. 이유는 무언가 금제에 걸려서 지금은 사용하고 싶어도 사용할 수 없는데, 여차하면 금제를 무시하고 사용할 거다. 이겁니까?"

"거기에 한 가지 이유가 더 있을 수 있지. 자기들 내부에 팽배한 알력!"

"내부의 알력 때문이라면 지들끼리 견제하느라 힘을 쓰지 않는다는, 그러니까, 진짜 힘을 감추고 싸운다는 얘기를 하시는 겁니까?"

"도고일척(道高一尺)이면 마고일장(魔高一丈)이라 했어요. 칼을 손에 쥐면 휘둘러보고 싶어지는 것처럼 힘과 권력이 생기면 나눠 가지는 것보다 다 가지는 것을 바라게 되는 법이지요."

"하긴, 예로부터 대업을 이룬 세력이 외세에게 무너진 경우는 없지요. 다들 자멸해 버려서……."

"인생이 다 그렇죠. 부귀영화가 눈앞에 펼쳐 있어도 순간의 유혹과 순간의 과욕에 빠져서 애석하게 신세를 망치는 법이 아니겠어요."

"예, 그렇지요. 아무려나, 굳어 버린 늙은이들 머리를 위해서 이렇게까지 배려해 주시니 그저 감읍할 따름입니다. 이제 되었으니 그만 각설하고, 하명하시지요. 우리가 무엇을 하면 되는 겁니까?"

"혹시 검노와 쌍노, 예노, 잔월 노야, 그리고 이젠 세 분만 계시지만, 반천오노를 두고 우리 식구들이 풍잔의 구대무군(九大武君)이라 부른다는 거 아세요?"

"예, 압니다. 다들 뒤에서 그렇게 부른다고 하더군요."

"사대신영(四大新影)과 오대신수(五大新秀)도 있답니다. 혹시 그들도 아십니까?"

"사대신영은 요미와 흑영, 백영, 비풍을 말함이고, 오대신수는 화사와 철마립, 단예사, 동곽무, 무일이라 알고 있습니다."

"외람된 말이나, 저는 풍잔의 미래를 위해서 사대신영과 오대신수가 구대무군의 도움으로 보다 더 강해지기를 바랍니다. 다른 여러 아이들을 위해서 틈틈이 수고하시는 것으로 알고 있습니다만, 그 아이들도 부탁드리겠습니다!"

설무백의 이 말이 술자리의 마지막 말이었다.

진심을 담아서 깊이 고개를 숙이는 그의 태도에 압도당한 듯 좌중의 그 누구도 감히 입을 열지 않았기 때문이다.

"상공은 어떤 분이죠?"

설무백의 거처 앞에 펼쳐진 아담한 정원이었다.

제갈명은 엉덩방아를 찧은 상태로 마른침을 삼키며 독후 이이아스를 올려다보았다.

혹시나 하고 설무백의 귀가를 확인하러 왔다가 귀신처럼 홀연히 앞에 나타난 그녀로 인해 기겁하며 엉덩방아를 찧었는데, 그녀는 아무렇지도 않게 그런 그를 내려다보며 설무백에 대한 질문을 던진 것이다.

제갈명은 생각 같아서는 사납게 면박을 주고 싶었으나, 차마 그럴 수는 없었다.

이이아스는 설무백의 부인을 자처하고 있었고, 설무백은 그에 대해서 아무런 의견을 내놓지 않은 상태였다.

즉, 어쩌면 지금 그의 눈앞에 서 있는 이 오독문의 독후라는 묵인 여자가 진짜로 설무백의 부인이 될 수도 있었다.

그러나 타고난 성격이 어디 가겠는가.

곱게 대답해 주기는 싫었다.

제갈명은 애써 고까운 마음을 누르며 일어나면서 퉁명스럽게 되물었다.

"그걸 왜 묻는 거죠?"

이이아스가 말했다.

"신기해서요."

"뭐가요?"

"다른 사람이 전해 주는 말이나 소문보다 약한 사람은 많이 봤어도 반대로 그보다 강한 사람은 한 번도 본 적이 없거든요."

천외천의
주인

제갈명은 절로 헛기침이 나왔다.

의지와 무관하게 자연히 긴장이 되어서였다.

설무백의 강함을 첫눈에 알아볼 정도의 눈을 가졌다면 이 여자도 보통이 아니라는 뜻이었다.

게다가 묘강에서 살다가 온 묵인 여자는 놀랍게도 황사(皇師: 남경 응천부)에서 자란 사람이라고 해도 믿을 정도로 제법 정확한 발음의 한어(漢語)를, 그것도 남경관화(南京官話)를 사용하고 있었다.

이래저래 보통내기가 아니라는 뜻인 것이다.

'독후는 독왕(毒王)아래인 오독문의 이인자로, 일찍이 온갖 교육을 받는다고 하더니만……!'

제갈명은 절로 소침해지긴 했으나, 그래도 순순히 있는 그대로 대답해 주기는 싫어서 짓궂은 대답을 주었다.

"제대로 봤네요. 우리 주군은 무서울 정도로 강하신 분이죠. 하지만 너무 무서워하지는 마세요. 사자의 발톱과, 상어의 턱에 악어의 이빨, 늑대의 눈빛에 야수의 심장을 가졌지만, 영혼은 사슴처럼 순수하신 분이시거든요."

이이아스가 밤이고 시커먼 얼굴이라 유독 크고 하얗게 빛나 보이는 두 눈으로 잠시 그를 주시하다가 불쑥 말했다.

"그 말은 상공께서 인세에 두 번 다시 없을 혼세마왕(昏世魔王)이라는 소리로 들리네요."

제갈명이 너무 심하게 말했나 싶어서 내심 찔끔하는 참인데,

뒤에서 설무백의 목소리가 들려왔다.

"뭐, 대충 비슷해. 착하지 못하지만 착한 사람이 좋고, 정의롭지 못하지만 정의로운 사람이 좋고, 노력하는 건 싫지만 노력하는 사람이 좋고 등등, 나는 하기 싫지만 너는 해야 한다고 생각하는 사람이면 아주 나쁜 사람은 아니더라도 매우 나쁜 사람은 맞는 거니까. 내가 그렇거든."

제갈명은 절로 찔끔하며 자라목이 되어서 물러났다.

설무백은 그런 제갈명의 뒷목을 손아귀로 움켜잡으며 이아아스 앞으로 나섰다.

이이아스가 그를 보기 무섭게 다소곳이 고개를 숙였다.

동행한 풍사와 공야무륵, 위지건이 그녀의 인사를 받듯 마주 고개를 숙이는 사이에 그가 다시 말했다.

"그게 궁금해서 이 시간에 나를 찾아온 것 같지는 않고, 이 시간에 무슨 일이야?"

이이아스가 고개를 숙인 채 대답했다.

"상공의 잠자리를 봐주러 왔습니다."

설무백은 한 방 맞은 표정이 되었다.

뒤에서 풍사가 중얼거렸다.

"화끈한 분이시네."

설무백은 자못 매서운 눈초리로 풍사를 돌아보았다.

그런데 풍사를 노려보는 것은 설무백만이 아니었다.

귀신처럼 홀연히 위지건의 어깨에 나타난 요미도 잡아먹을 듯이 풍사를 노려보고 있었다.

풍사가 애써 딴청을 부렸다.

설무백은 이내 고개를 바로하고 나름 친근한 눈빛으로 이이아스를 보며 말했다.

"미안하지만, 그건 참아 줘. 사실 나는 아직……!"

"예, 알겠습니다."

이이아스가 재빨리 설무백의 말을 자르며 말했다.

"묘강과 중원의 풍습이 얼마나 다른 차원인지는 익히 잘 알고 있습니다. 저는 묘강에서 태어나고 자란 까닭에 가문에서 정해 준 지아비가 당연하다고 생각하지만, 중원에서 성장하신 상공께서는 그와 같은 법도가 낯설고 어색해서 부담이 적지 않으실 테지요. 이해하고 기다리도록 하겠습니다."

설무백은 새삼 한 방 맞은 표정으로 멍하니 이이아스를 바라보았다.

이이아스가 그때 고개를 들더니, 내내 손에 들고 있던 작은 보따리를 두 손으로 그에게 내밀었다.

"다만 이것은 받아 주셔야겠습니다."

"이게 뭐지?"

"제가 익힌 오독문의 비전과 독왕유전(毒王遺傳)의 비밀이 담겨 있는 문서입니다."

설무백은 잠시 이이아스가 두 손으로 내미는 보따리를 바라보다가 물었다.

"내가 이걸 받지 않으면 어떻게 되는 거지?"

이이아스가 담담한 어조로 대답했다.

"제가 상공께 거절당한 것이니, 죽음으로 그 수치를 씻고 상공을 편하게 해 드릴 겁니다."

설무백은 하도 어이가 없어서 절로 실소했다.

"당신이 수치를 느껴서 죽어 버리는 게 나를 편하게 해 주는 거라고 생각해?"

이이아스가 추호도 감정 기복이 느껴지지 않는 목소리로 대답했다.

"저는 그렇다고 배웠습니다."

"그거 말고 다른 방법은 없는 거지?"

"예, 없습니다."

설무백은 한숨을 내쉬며 어쩔 수 없이 이이아스가 내미는 보따리를 잡았다.

그러다가 보따리에 책이나 문서와는 다른 이질적인 무언가가 들어 있음을 느끼고는 물었다.

"책만 있는 것 같지는 않은데?"

이이아스가 대답하지 않고 침묵했다.

설무백은 무언가 이상한 느낌을 받으며 보따리를 풀어 보았다.

보따리 안에는 세 권의 책자와 하나의 금합이 들어 있었다. 그는 금합을 들어 보이며 물었다.

"이건 뭐지?"

이이아스가 이례적으로 곤혹스러운 표정을 지으며 눈치를 보다가 설무백이 금합을 열어 보려고 하자 다급히 말했다.

"그 안에 들은 것은 저를 본뜬 목각 인형이고, 거기에는 독공으로 강화된 저의 육체에서 유일한 약점이 되는 조문(弔門)이 표시되어 있습니다. 이는 상공께서 저의 생사를 가진다는 노족(怒族)의 전통에 따른 것이니……!"

급히 설명하던 이이아스는 말을 채 끝맺지 못하고 가뜩이나 큰 두 눈을 크게 부릅떴다.

일순 금합을 든 설무백의 손에서 '화륵' 하고 뜨거운 불길이 치솟았기 때문이다.

적잖게 떨어진 이이아스의 얼굴에까지 뜨거운 열기가 전해지는 엄청난 삼매진화(三昧眞火)였다.

금합은 순식간에 재로 변해서 사라졌다.

설무백은 아무렇지도 않게 손을 털고는 놀라서 굳어진 이이아스를 향해 빙그레 웃으며 말했다.

"우리 서로 적당히 양보하자. 괜찮지?"

이이아스가 마지못해 체념하는 기색으로 고개를 끄덕이며 수긍했다.

"알겠습니다. 그리하도록 하지요. 그럼 저는 이만……!"

아쉬운 기색도 잠시, 이내 무덤덤한 본래의 모습을 회복한 이이아스는 깊이 고개를 숙이는 인사로 작별을 고하며 돌아서

서 총총히 사라졌다.

제갈명이 사라지는 이이아스를 보며 감탄했다.

"와! 정말 똑 부러진다!"

설무백은 사뭇 매서운 눈초리로 제갈명에게 눈총을 주었다.

그런 그의 시선으로 위지건의 어깨에 앉은 요미가 주섬주섬 자신의 몸을 살피는 모습이 들어왔다.

설무백은 어쩨 느낌이 묘해서 물었다.

"뭐 해?"

요미가 자신의 몸을 살피느라 시선도 안 주며 대답했다.

"내 약점 찾는 거야. 나는 내일 줄게 오빠. 윽!"

설무백은 순간적으로 다가가서 요미의 머리를 한 대 쥐어박고 돌아서며 말했다.

"해산! 다들 내일 보자! 제갈명만 빼고!"

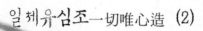
일체유심조一切唯心造 (2)

"왜 저만……?"

제갈명은 청승맞게 비 맞은 개처럼 풀죽은 모습으로 가식을 떨며 물었으나, 설무백의 건조한 눈빛 앞에 주눅이 들어서 두 손을 들고 항복하며 수긍했다.

"예예, 보고드릴 일이 쌓이긴 했죠."

설무백은 방으로 들어와서 제갈명에게 창가에 자리한 다탁의 의자를 내주고 옷을 갈아입었다.

술타령이라고 해도 좋을 만큼 작심하고 이런저런 얘기를 하며 적지 않은 술을 퍼마셨음에도 그는 멀쩡했다.

족히 한 동이 이상은 혼자서 마셨으나, 한 잔을 마셨을 때보다 지금이 더 취기가 없었다.

술을 마시면 마실수록 그의 정신은 더 맑아졌기 때문이다.

전에는 취기를 그다지 좋아하지 않는 그가 마시는 술을 족족 내력으로 태워 버려서 그랬는데, 오늘은 그것도 아니었다.

대공을 성취한 이후의 그는 술을 마셔도 그때 그 순간뿐이었다.

화경(化境)이라 부를 정도로 엄청난 내공의 상승에 기인한 변화였다.

제아무리 지독한 독주로 인한 취기도 저절로 빠르게 소멸해 버리는 것이다.

'이게 좋은 건지 나쁜 건지…….'

이내 가벼운 복장으로 갈아입고 설무백은 다탁으로 가서 제갈명을 마주하고 앉아 지나가는 말처럼 중얼거렸다.

"이제 더 볼 거 없으니까, 요미는 그만 가 봐."

"쳇!"

몰래 따라와서 암중에 숨죽이고 있던 요미가 혀를 차며 빠르게 사라졌다.

설무백은 그제야 제갈명에게 시선을 주며 말했다.

"융사부터 말해 봐."

융사는 작금의 강호에 악명이 드높은 칠대악인 중에서 유일한 색마였던 화수 채의의 제자이며, 의도치 않게 진필 모용초의 마수에 놀아나서 비명횡사한 자신의 사부인 채의 노릇을 하던 모용세가의 사생아였다.

지금 그 용사는 풍잔의 식객으로 머물고 있는데, 설무백은 전날 그의 처우를 제갈명에게 일임했던 것이다.

　제갈명이 말했다.

　"그는 잘 자리를 잡았습니다."

　설무백은 미간을 찌푸렸다.

　"불과 한 달 전에만 해도 그를 두고 내게 투덜거렸잖아?"

　제갈명이 어깨를 으쓱하며 대답했다.

　"그때는 그랬는데, 지금은 아니에요. 뭘 시켜도 어영부영 제대로 하지 못하고, 동료들과도 어울리지 못하며 겉돌았는데, 알고 보니 경호나 경계 따위의 칼잡이가 아니라 다른 쪽의 일에 재주가 있더라고요."

　"어떤 쪽?"

　"보관과 보수, 보유에 대한 관리 감독 쪽이요. 이것저것 해보다 우연찮게 우리 주방에 들어오는 식자재를 한번 맡겨 보았는데, 아주 기가 막히더군요. 한 달 만에 우리 풍잔의 식자재 비용을 절반으로 낮추었습니다. 순전히 관리 감독만으로요."

　"그래?"

　"게다가 적성에 맞는 일을 해서 그런지 분위기도 좋아졌습니다. 내내 겉돌기만 하더니, 이젠 제법 어울리는 친구도 생겼어요."

　"친구 누구?"

　"제연청이요. 그 친구가 우리 주방에 고기를 대잖아요. 몇 번 마주치지도 않은 것 같았는데, 어느새 같이 종종 술자리도 가지고 그러나 보더라고요."

설무백은 입가가 흡족한 미소를 드리우며 가만히 고개를 끄덕였다.

"외톨이가 외톨이를 알아봤나 보군. 제연청도 일찍이 풍잔에 오긴 했지만, 다른 사람들과는 제대로 어울리는 법이 없었잖아."

"아, 그러고 보니 그러네요."

제갈명이 이제야 의문이 풀렸다는 표정이더니, 이내 재우쳐 말했다.

"아무튼, 제가 보기에 현재로서는 그 친구가 우리 풍잔의 유일한 총관감이 아닌가 싶습니다. 조금 더 지켜보고 다시 보고 드릴 테니, 선처해 주십시오."

"풍 아재는 정말 싫대?"

"예, 싫답니다. 정말 적성이 아니라고 하네요. 지금처럼 빈둥빈둥 여기저기 돌며 부족한 애들이나 돕는 것이 적성에 맞답니다."

설무백은 쓰게 입맛을 다셨다.

전부터 그의 눈엔 풍사가 풍잔의 총관으로 제격이라고 보았는데, 정작 당사자는 아니라는 것이다.

"당사자가 싫다면 어쩔 수 없지."

제갈명이 삐딱하게 설무백을 보며 책망했다.

"저기, 주군, 중심 좀 잡아 주시죠? 용사의 능력이 풍 호법보다는 부족하지만 풍 호법이 싫다고 하니 용사를 대체자로 선택하는 것이 아닙니다. 그냥 용사의 능력이 그 방면에서는 풍 호법보다 나으니까 선택하는 겁니다."

"그런 생각은 아니었는데, 그렇게 들렸다면 내가 실수했네. 미안."

설무백은 주저 없이 자신의 실수를 인정하며 사과하고 나서 말문을 돌렸다.

"모용자무는 어때?"

제갈명이 미처 아직 화를 다 내지 못했다는 듯 욕구불만 가득한 눈초리로 설무백을 노려보았다.

설무백은 아무렇지 않게 제갈명의 시선을 마주 노려보며 질책했다.

"실수라고 사과했잖아. 무슨 말이 더 필요해?"

제갈명이 악을 썼다.

"성의가 없어서 진심으로 안 느껴져요!"

설무백은 두 손을 깍지 껴서 이리저리 비트는 것으로 우두둑 소리를 내며 조용히 물었다.

"진심으로 느껴지게 성의 좀 보여 줄까?"

제갈명이 거짓말처럼 화내던 감정을 숨기며 말했다.

"모용자무는 잘 지내고 있습니다. 그 녀석, 생긴 것과 달리 넉살도 있고, 사교성이 아주 좋아요. 철마립의 예하로 넣어 주었더니만 대원들하고는 말할 것도 없고, 사석에서는 목석 중의 목석인 철마립하고도 형님, 아우하며 터놓고 지내더군요."

설무백은 묵묵히 고개를 끄덕이며 잠시 여유를 두었다가 제갈명을 보며 말했다.

"이제 내 얘기는 끝났으니, 따로 보고할 거 있으면 어서 해 봐."

제갈명이 어이없고 황당하다는 눈치로 설무백을 보며 물었다.

"천살과 지살, 금혼살, 설산파의 후예인 적우 등등 물어볼 것이 태산인데 그냥 넘어가십니까?"

설무백은 자못 사나운 눈총을 주었다.

"그러니까 따로 보고할 거 있으면 하라고 했잖아. 너는 내가 하나에서 열까지 다 물어봐야 얘기를 하겠다는 거냐?"

제갈명이 자못 게슴츠레하게 보이도록 눈가를 좁히며 설무백을 바라보았다.

"제가 보기에는 분명히 까먹은 것 같은데, 정말 기가 막히게도 잘 빠져나가시네요."

설무백은 심드렁하게 탁자를 두드렸다.

"다들 잘 지내고 있어서 할 말 없으면 이제 그만 나가봐."

제갈명이 재빨리 말했다.

"금혼살과 천살, 지살은 빗자루나 들고 걸레질이나 하게 두기에는 아까운 인물들입니다. 소 잡는 칼로 닭 잡는 것도 한두 번이지. 벌써 몇 달째입니까. 그거 우리에게 아주 막대한 손해입니다. 일전에 공을 세우기도 했으니, 이제 그만……!"

"다음!"

"……."

제갈명이 머뭇거렸다.

설무백이 새삼 탁자를 두드렸다.

제갈명이 어쩔 수 없다는 듯 한숨을 내쉬며 말문을 열었다.

"설산파의 후예인 적우는 예 호법이 관리하는 백사방의 이칠 예하로 보냈고, 녹포괴조 부소와 귀안신수 등은 대도회의 양의 예하로 보냈습니다. 아무래도 그쪽에서의 적응이 빠를 겁니다."

"부소와 가등이 이칠이나 양의에게 거부감 없이 고개를 숙였어? 충돌 없었어?"

"예전의 이칠과 양의가 아닙니다. 언제 한번 다시 보면 아시겠지만, 이제 이칠과 양의는 당장에 풍풍대의 서열 비무에 참가해도 중간 이상은 가리라고 봅니다."

"그래? 예노가 지극정성이었나보군."

"그게 예 호법만 노력한다고 되는 일이 아니죠. 이칠과 양의의 바탕이 좋았다고 봐야 합니다."

"하긴, 그렇겠지. 궁금하네. 언제 시간 내서 한번 봐야겠어."

"그래 주시면 고맙죠. 아주 좋아할 겁니다."

"시간 내 볼게."

"기련일기의 핏줄인 이신과 이마, 이요는 광풍대에 소속시켰습니다. 워낙 당돌한 녀석들이라 그쪽 애들 정도는 되어야 기강을 바로잡을 수 있을 것 같아서요."

"잘했어."

"에, 그다음으로, 와호장의 유당과 금룡장의 금평은 전에 주군께서 말씀하신 대로 했습니다. 유당은 대장간의 사마천조에게 보내고, 금평은 엄이보, 엄 대인의 난주상회로 보냈지요. 다들 만족하는 분위기입니다. 에…… 이상입니다!"

"좋아. 알았으니까, 이제 그만 나가 봐."

"예?"

설무백이 기다렸다는 듯이 수긍하고 손을 내저으며 나가라는 시늉을 하자, 제갈명이 어리둥절하면서도 일면 떨떠름한 표정을 지으며 투덜거렸다.

"이 시간에 뭐 더 하실 게 있다고 저를 이리 찬밥처럼 내치세요? 나중에 그러네, 마네 하지 마시고 지금 더 물어보실 거 있으면 물어보세요."

설무백은 짐짓 눈을 치켜뜨며 면박을 주었다.

"너는 늘 그렇게 한 번 필수적으로 따져야 직성이 풀리냐?"

제갈명이 찔끔하며 헤헤 웃었다.

"아니, 뭐 그런 건 아니고요. 부르실 때는 언제고 이제 와서 박정하게 서둘러 내치시니까 그렇죠."

설무백은 졌다는 듯 한숨을 내쉬며 방문을 가리켰다.

"네 말과 달리 내가 이 시간에 뭐 더 할 것이 남아서. 그러니까, 그만하고 나가 줄래?"

"아, 예. 뭐 정 그러시다면 당연히 제가 나가 봐야죠."

제갈명이 한 번 더 말대꾸를 했다간 뭐가 날아와도 날아올 것이라는 분위기를 귀신처럼 알아채며 서둘러 물러났다.

그때 밖에서 인기척이 들려왔다.

"귀매입니다, 주군."

제갈명이 이제야 무언가 감을 잡은 듯 안색을 바꾸었다.

귀매는 바로 사사무이고, 사사무는 설무백이 돌아오기 무섭게 모종의 임무를 받아서 강남으로 떠났었다.

이제 보니 사사무의 임무가 잡일로 불리는 천살과 지살, 금혼살 등 천기칠살의 세 사람과 관련되어 있던 모양이었다.

"들어와. 너는 그만 나가 보고."

"아, 예!"

제갈명은 두말없이 돌아섰다.

제갈명이 밖으로 나가고, 사사무가 안으로 들어섰다.

사사무는 문을 닫고 설무백을 보며 눈을 끔뻑거렸다.

설무백의 백발머리에 놀란 기색이었다.

탁탁-!

설무백은 가볍게 탁자를 두드려서 사사무의 정신을 일깨웠다.

"신경 쓰지 않아도 되는 일이야."

"아, 예!"

사사무가 정신을 차리고 설무백의 면전으로 와서 고개를 숙이며 손에 들고 있던 물건을 내밀었다.

유포(油布)로 싼 물건이었다.

설무백은 물건을 받는 대신에 사사무를 보며 말했다.

"이제 막 귀가한 사람이 뭐가 그리 바빠서 이리 서둘러? 앉아. 할 얘기 많잖아."

사사무가 머쓱하게 고개를 들고 수중의 물건을 탁자에 내려놓으며 설무백의 맞은편 의자에 앉았다.

설무백은 그사이 그가 탁자에 내려놓은 물건을 확인했다.

유포를 풀자 대련(大聯)이라는 글씨가 써진 밀랍인장으로 뚜껑의 네 부분을 봉인한 작은 나무상자가 나왔고, 봉인을 뜯어내고 뚜껑을 열자 속에는 일곱 권의 비급이 들어 있었다.

그랬다.

사사무는 지난날 화혼살이 죽어 가며 설무백에게 넘긴 대련표국의 물표(物標 : 표국에 물건을 보관하고 대신 받아 두는 신표)를 들고 가서 그녀, 화혼살을 비롯한 마정의 천기칠살이 남몰래 숨겨둔 재물과 비급을 찾아왔던 것이다.

천기칠살이 숨겨 둔 재물은 일곱 권의 비급을 꺼내자 그 아래에서 나왔다.

고양이 눈처럼 생긴 여섯 개의 보석, 묘안석(猫眼石)이었다.

천기칠살은 자신들이 모은 재물을 진주(珍珠)나 야명주(夜明珠)

천하천의
주인

처럼 값비싼 구슬조차 비교도 되지 않을 정도로 값이 나가는 보석으로 알려진 묘안석으로 바꾸어서 보관했던 것이다.

"명품이네."

설무백은 절로 감탄했다.

보석이라고 다 같은 보석이 아니듯 묘안석이라고 해서 다 같은 묘안석이 아니다.

본디 묘안석은 둥글게 연마하면 중심에 가느다란 금이 생긴다. 그 금의 모양이 마치 고양이의 눈처럼 보여 묘안석이라고 불리는데, 자세히 살펴보면 눈의 굵기가 가는 것보다는 겹으로 두터워서 흡사 쌍꺼풀처럼 보이는 것이 더 귀하고 비쌌다.

나무상자의 비급 아래서 나온 묘안석들은 하나같이 그와 같은 최상품이었다.

"주군께서 보석에도 조예가 깊을 줄은 몰랐네요."

"그런 거 없어. 보석이니까 비쌀 테고, 비싸면 다 명품이라고 생각하는 거지. 이 정도 크기의 돌이 대충 팔아도 하나에 황금이 수백 냥, 은자로는 수만 냥이나 되는데, 명품이 아니고 또 뭐겠어."

"그 돌이 그 정도 가격의 돌이라는 것을 아시니 조예가 깊은 거지요. 저는 그 돌이 그렇게 비싸다는 것을 지금 알았습니다."

"그게 또 그렇게 되나?"

설무백은 못내 멋쩍어 하다가 이내 피식 웃고는 들고 있던 묘안석을 사사무의 면전에 내려놓고, 다시 여섯 개의 묘안석과 더불어 대련표국의 나무상자에서 나온 천기칠살의 비급을 그 곁으로 밀었다.

사사무가 어리둥절한 눈치로 설무백을 보았다.

"무슨 뜻이신지……?"

설무백은 일반적인 사담처럼 대수롭지 않은 투로 말했다.

"조직을 하나 꾸려야겠어."

"조직이라시면……?"

"칼도 되고, 심부름도 할 수 있는 그런, 물론 나를 위해서. 언제까지 귀매 혼자 돌아다닐 수는 없잖아."

사사무가 이제야 감을 잡은 표정으로 중얼거렸다.

"앞으로 제 일이 많아진다는 얘기네요."

"아마도."

"꾸리라는 것이 아니라 꾸려야겠다고 말씀하셨으니, 이미 염두에 두신 인물들이 있다는 뜻일 테고요. 누굽니까, 그들은?"

"제연청과 사도, 천살, 지살, 금혼살, 정기룡."

"어울리지 않는 이름이 하나 있는 걸요?"

"정기룡?"

"예. 그 아이는……."

"내게 과거 이십팔숙의 선두를 다투던 비선 진광의 청마진결를 전수받았음에도 불구하고 너무 물러서 그래. 새로운 사람들과 새로운 세계를 겪어 보면 많이 달라지지 않겠어?"

"제 눈에는 그 또래에서 지극히 강성으로 보입니다만?"

"그보다 더 강하게 키우고 싶어. 그만한 여력을 타고난 아이야."

"알겠습니다. 한데, 묘안석은 왜 필요한 거죠?"

"귀매를 제외한 모두가 제대로 된 병기를 가지고 있지 않아. 정기룡이야 말 안 해도 알겠고, 제연청은 원래 그런 쪽으로 관심이 없어서 그런 것 같은데, 나머지 사도를 위시해서 천살과 지살, 금혼살의 병기는 일전에 내가 어쩌다 보니 깨트려 버려서 말이야."

"어떤 병기를 구해 주어야 하는데 묘안석을 일곱 개씩이나 필요한 거죠?"

"낼모레가 칠월 초이렛날이야. 일 년에 세 번, 원일(元日 : 정월 초하루)과 칠석(七夕), 극월(極月)인 섣달그믐 저녁에는 중원의 모든 도성 밖에서 흑점(黑店)의 야시(夜市)가 열린다는 거 알지?"

"흑점의 야시에서 애들의 병기를요?"

"심하게 부려 먹을 예정이니까 적어도 무림 십대 흉기나 십대 기문 병기(十大奇門兵器) 혹은 십대 천병(十大天兵)에 준하는 무기로 구해 줘."

사사무는 이제야 확실히 알겠다는 표정으로 고개를 끄덕였다. 그리고 자신의 면전에 놓인 일곱 개의 묘안석을 설무백의 면전으로 밀어내며 말했다.

"그런 거라면 주군께서 직접 구해 주십시오. 제가 물건 보는 눈이 전혀 없어서 그럽니다. 게다가 그게 보기도 좋습니다."

"그럼 그러지."

설무백은 어쩔 수 없다는 듯 한숨을 내쉬며 묘안석을 옆으로 밀어 두었다.

그리고 싱긋 웃으며 재우쳐 물었다.

"자, 그럼 이제 어디 한번 중원 얘기 좀 들어 볼까? 어때, 요즘 분위기?"

첫째, 소림사는 무림맹을 창건(創建)하기 위해서 이미 무당파와 손은 잡았고, 구대 문파를 위시한 여타 무림 방파를 포섭하기 위해서 백방으로 뛰고 있다.

둘째, 무슨 이유에서인지는 모르겠으나, 그와 같은 강호 무림이 동향을 절대 모를 리가 없음을 텐데도 천사교가 남의 일처럼 수수방관하며 잠잠하다.

셋째, 작금의 강호 무림은 그럼에도 불구하고 우후죽순처럼 난무하는 신생 방파들로 인해 매우 어지럽다.

이것이 바로 사사무가 안휘성의 성도인 합비(合肥)에 자리한 강남 제일 표국인 대련표국을 다녀오면서 살피고 느낀 강호 무림의 동향을 요약한 것이었다.

설무백은 기분이 묘했다.

작금의 강호 무림은 과거 그가 겪은 것과 적잖게 다른 방향으로 돌아가고 있었다.

분명 역사가 틀어졌다.

어디서부터인지는 모르겠으나, 그로 인해 파괴적이고 흉포하게 활동해야 마땅한 암천의 무리가 숨을 죽인 채 치밀하면서도 계획적으로 움직이고 있는 것 같았다.

만일 그게 아니라면 저들의 선발대로 보이는 천사교의 행보가 지금처럼 뜨뜻미지근할 리 만무했다.

그리고 그에 더해서 과거와 바로 그의 전생과 달라진 것이 하나 더 있었다.

설무백, 그 자신이 전생과 달라졌다.

지금의 그는 모든 면에서 전생의 그와 크게 변화했다.

강해졌다.

그래서일 것이다.

지금 설무백이 체감하는 환란의 시대에 대한 느낌은 전생의 기억과 사뭇 달랐다.

적의 강약이 상대적인 것과 같은 이치였다.

제아무리 강한 적도 그보다 더 강한 자의 눈에는 약하게 보이기 마련이다.

지금의 그가 적보다, 바로 암천의 무리보다 강하다는 것이 아니다.

지금의 그가 느끼는 위화감이 전생의 그가 느끼던 위화감과 다르다는 뜻이다.

천양지차까지는 아니지만, 지금의 그는 적어도 적을 똑바로 볼 수 있었다.

그리고 그 때문에 알 수 있었다.

역사의 틀어짐으로 인해 변화를 겪는 것은 그만 아니었다.

상대인 암천의 무리도 다르지 않았다.

환란의 시대를 주도할 암천의 무리가 그가 기억하는 전생의 상황과 다르게 움직이고 있는 이면에는 바로 그와 같은 변수가 작용하기 때문인 것이다.

설무백은 그것으로 만족했다.

충분하지 않아도 되었다고 생각했다.

작금의 강호 무림이 전생의 강호 무림과 다르게 돌아가고 있다는 사실을 아는 사람은 천하에 오직 그 혼자뿐이다.

따라서 지금의 그는 매사에 얽매이지 않은 상태로 냉정하게 강호 무림의 추이를 직시하고, 시시때때로 전생의 기억에 따라 필요한 것만 취하며 능동적인 사고로 대처하면 되었다.

그러면 최소한 암천의 무리보다 한 발은 앞서나갈 수 있을 것이다.

그런 측면에서 볼 때, 지난날 그가 풍잔의 힘을 키우기로 마음먹고 중원을 돌았던 결정은 스스로 생각해도 매우 현명한 판단이 아닐 수 없었다.

비록 개방 장로 파면개를 닦달해서 얻어 낸 정보의 절반도 못 되는 인재만을 구하는 데 그쳤지만, 돌이켜 보면 제연청과 비풍, 동곽무 등 숨어 있던 강호 무림의 젊은 인재들을 찾아내서 품지 않았다면 풍잔의 성장은 매우 더뎠을 터였다.

그러나 아직도 부족했다.

묘강에서의 일이 그 방증이었다.

설무백이 다른 사람들 앞에서는 의식적으로 무시했으나, 암천의 세력은 이미 그의 예상을 뛰어넘는 규모를 갖추고 있었다.

풍잔이 그들을 상대하려면 지금보다 적어도 배는 더 강해져야 한다는 것이 그의 판단이었다.

다행스러운 것은 작금의 풍잔에 그럴 만한 여력이 충분히 있다는 사실이었다.

물론 다분히 그가 꺼내 주거나 개발해 주어야 하는 여력이긴 하지만 말이다.

그 때문이었다.

사실을 말하자면 사사무에게 일임한 새로운 조직 편성도 그와 같은 설무백의 계획의 연장선상에 있는 일이었다.

설무백은 그래서 그로부터 이틀이 지난 칠석날 저녁, 그들과 함께 난주성의 남문을 벗어나서 높고 낮은 둔덕으로 이어진 구릉지대를 지나고 있었다.

사사무에게 일임하려 했으나, 사사무가 그에게 전가한 제연청 등의 병기를 구해 주기 위해서 흑점의 야시를 찾아가는 것이다.

구릉지대는 대략 십여 리에 걸쳐 드넓게 펼쳐져 있었다.

그리고 그 구릉지대를 벗어나기 무섭게 푸석푸석한 잔돌로 이루진 황무지가, 바로 사람이 도저히 손을 댈 수 없어서 그대로 버려둔 거칠고 쓸모없는 벌판이었다.

설무백은 거기서 품에 넣어 두고 온 복면을 꺼내서 모두에게 나누어 주고 자신도 머리에 뒤집어썼다.

도둑질할 때나 쓸법하게 두 개의 눈구멍만 뚫린 복면이었다.

흑점의 야시에서는 거의 모든 사람들이 복면을 쓰는데, 이유는 정체를 감추기 위해서였다.

고래로부터 강호 무림에서 가장 비밀스러운 방파이며 상인이기도 한 흑점에서는 세상의 그 어떤 물건도 거래할 수 있다는 철칙으로 인해 세상에 있는 물건이라면 구하지 못할 것이 없다고 알려져 있으나, 대신에 거기에는 불법적으로 취득한 물건도 포함되어 있었다.

즉, 팔거나 사는 물건이 불법적으로 취득한 물건일 수도 있으니, 정체를 감추는 것이었다.

"옛날 생각나네요."

가장 먼저 그에게 복면을 받아서 머리에 뒤집어쓴 대력귀의 말이었다.

과거, 독행대도 시절에 장물을 팔기 위해서 흑점의 야시를 자주 방문한 경험을 가진 그녀가 오늘은 안내자로 따라나섰다.

이런 쪽의 경험은 전무하나, 늘 그렇듯 악착같이 따라온 공야무륵이 복면을 손에 들고 투덜거렸다.

"살다 보니 이런 걸 다 써 보게 되네."

대력귀가 말했다.

"안 써도 되요."

공야무륵이 쓰게 입맛을 다시고 꾸역꾸역 복면을 머리에 뒤집어쓰며 대꾸했다.

"흑점의 야시에서 복면을 쓰지 않는 부류는 얼굴을 드러내도 알아보는 이가 없어서 상관없는 무명소졸이거나, 누가 알아봐도 상관없다고 자신하는 강호 무림의 거마들뿐이라는 것쯤은 나도 알고 있소. 무명소졸로 취급받는 것도 싫고, 거마로 보는 것도 싫으니 써야지."

"저기……."

위지건이 어깨에 짊어지고 있던 서너 개의 철궤를 바닥에 내려놓고 조금 전에 건네받은 복면을 얼굴에 뒤집어쓰다가 이내 난감한 표정을 지었다.

"너무 작아요."

복면은 찢어져 있었다.

설무백은 찢어진 복면과 위지건의 함지박보다 더 큰 머리를 번갈아보다가 말했다.

"너는 그냥 하관만 가리자. 입하고 코만."

위지건이 그걸 몰랐다는 표정으로 반색하며 찢어진 복면을 힘으로 늘려서 하관을 가렸다.

제연청과 금혼살, 천살, 지살은 그들의 대화에 상관없이 이

미 복면을 쓰고 있었는데, 정기룡은 그들의 대화를 듣고 나서
야 복면을 머리에 뒤집어쓰고 있었다.

제연청 등과 달리 정기룡은 흑점의 야시에 대해 전혀 모르
는 듯했다.

설무백은 와중에 제연청을 바라보며 내심 고소를 금치 못했
다.

사실 그는 오늘 제연청이 따라올 줄은 몰랐다.

매사에 시큰둥하고 거북이처럼 느린 제연청인지라 오늘도
그냥 버티고 있다가 그가 알아서 구해 주는 병기를 또 그렇게
시큰둥하게 받을 것이라고 생각했다.

그런데 아니었다.

그는 이미 체념한 상태로 그저 형식적으로 같이 가겠냐고
물어보았는데, 제연청이 주저하지 않고 따라나섰다.

무인에게 있어 자신의 병기는 하늘이 정해 준 벗과 같이 애
틋하다는 말이 있다.

'이러니 저러니 해도 결국 어쩔 수 없는 무인!'

설무백은 내심 기분 좋게 제연청에 대한 평가를 내리며 발
길을 서둘렀다.

아무도 없는 빈 들판이 달도 뜨지 않은 어둠 속에서 더욱 어
둡게 황량한 모습을 드러내고 있었다.

그러다가 갑자기 사방팔방의 텅 빈 공간의 어둠 속에서 적

지 않은 사람들의 숨결이 느껴졌고, 이내 그와 비교도 할 수 없이 수많은 사람들이 움직이며 다가오는 기척이 감지되었다.

그리고 저편 어둠 속에서 시야에 들어오는 것이 있었다.

밤하늘 높이 네 개의 붉은 달이, 정확히는 달처럼 생긴 등불이 매달려 있었다.

흑점의 야시를 알리는 등불이었다.

족히 몇 길이나 되는 대나무 장대 끝에 매달린 그 네 개의 등불은 붉은 바탕에 백색의 해골이 그려져 있었다.

붉은 색은 중원인들에게 복과 행운을 의미하기도 하지만, 피와 죽음을 상징하기도 하고, 백색의 해골은 보복과 살인을 뜻한다.

그것이 바로 대대로 강호 무림에서 암약하는 어둠의 상인 집단, 흑점의 야시가 알려 주는 친절한 설명이자, 경고였다.

저 네 개의 등불이 구획하는 공간에서는 그것이 무엇이든 원하는 것이라면 무엇이든 팔 수 있고, 무엇이든 살 수 있지만, 약탈과 살인은 절대적으로 금지되어 있다.

그것을 어겼다가는 언제 어디서 나타나는지 모르게 나타난 흑점의 사자들에게 철저한 응징을 받는다.

"어떻게 할래?"

설무백은 바로 그 네 개의 등불이 구획하는 공간으로 발을 들여놓기 전에 물었다.

"그대로 괜찮겠어?"

암중의 혈영 등에게 건네는 질문이었다.

혈영이 기다렸다는 듯 모두를 대표해서 말했다.

"저희는 어차피 다른 사람들 앞에 모습을 드러내지 않을 테니 신경 쓰지 마십시오. 흑점의 사자가 어느 정도의 능력을 가졌는지는 모르겠으나, 설령 그들에게 드러난다고 해도 흑점의 야시가 모습을 감춘 채로 들어갈 수 있는 장소인 이상, 문제 삼지는 않으리라고 봅니다."

설무백은 묵묵히 고개를 끄덕이는 것으로 혈영의 대답을 수긍했다. 그도 흑점의 그들의 은신을 문제 삼지 않으리라 보고 있었다.

만에 하나라도 그들을 문제 삼으면 곤란해지는 것은 그들이 아니라 흑점의 사자이고, 더 나아가서 흑점일 것이다.

'그건 또 그것대로 흥미로운 일일 것 같긴 하지만……!'

설무백은 문득 다른 생각이 들었지만, 내색을 삼가며 발길을 재촉해서 흑점의 야시로 들어섰다.

어느새 벌판이 불야성으로 변해 있었다.

여느 도성의 이름난 야시장 못지않게 수많은 사람들이 모여든 가운데, 여기저기서 천막을 치며 등불을 내거는 상태였고, 이미 깔린 좌판도 즐비했다.

선두에 나서 걷던 대력귀가 한쪽 방향을 가리켰다.

"병기는 저쪽인가 보네요."

지금 그들이 지나는 곳의 좌판은 거의 다 금은보석으로 장식된 패물 종류가 주류를 이루었고, 그다음 좌판으로 이루어진 길을 따라 한 굽이 돌아가자 거기는 금불상이나, 옥불상 등 진귀해 보이는 골동품들 천지였다.

하나같이 값지고 내력이 있어 보이는 물건이라 이런 자리에 나와 있는 것만으로도 훔친 물건이거나, 그와 유사한 사연으로 인해 내다 파는 물건임을 짐작할 수 있었다.

대력귀가 말하는 장소는 골동품들의 좌판이 몰려 있는 거기서부터 두 굽이돌아서 대략 이십여 장 떨어진 천막 지대였다.

천막들이 나란하게 연결되어서 마치 여느 저잣거리의 상점들처럼 보이게 만들어 놓았는데, 가장 사람들이 많이 몰려서 복작거리는 장소이기도 했다.

거기 천막들이 파는 물건의 대부분이 십팔반병기에서부터 각양각색의 기문병기를 총망라한 무기들이었다.

물론 무언가 숨은 내력이 있는 물건처럼 신비롭게 보이거나, 그냥 만들기를 제대로 잘 만들어서 뛰어나 보이는 물건은 거의 없었다.

오히려 여느 대장간이나 혹은 저잣거리에서 파는 무기보다 한참 격이 떨어지는 물건이 대부분이었다.

개중에는 일부러 흙을 발라서 무언가 내력이 있는 물건처럼 보이게 만들어 놓은 가짜 무기도 적지 않았다.

이름은 또 그럴 듯하게 여의검(如意劍)이니 천룡도(天龍刀)니 하는 것들이었다.

어처구니없게도 그런 물건들을 파는 천막들 사이를 비집고 들어가서 좌판을 깔고 버젓이 여의주(如意珠)라며 주먹만 한 유리구슬을 파는 사기꾼도 있었는데, 와자하게 몰려든 구경꾼들 중에서 그 누구도 그것을 문제 삼는 사람은 없었다.

　진짜 물건이든 가짜 물건이든 팔 수 있는 물건은 무엇이든 허용되는 곳이, 하다못해 사람의 목숨도, 더 나아가서 실제 사람도 사고파는 곳이 바로 흑점의 야시인 것이다.

　그러나 더럽고 지저분한 진흙에서도 연꽃이 피듯 혹은 개천에서도 용이 난다는 식으로, 그와 같은 쓰레기들 속에 명품이 있었다.

　제연청이 가장 먼저 그것을 발견했다.

　설무백이 모두에게 흩어져서 마음에 드는 물건이 있나 찾아보라고 지시한 다음의 일이었다.

　모두가 자리를 떠나기 직전에 졸린 거북이처럼 게슴츠레한 눈으로 주변을 두리번거리며 느릿느릿 후미를 따르던 제연청이 불쑥 말했다.

　"저기, 주군. 제가 저기 저 녀석을 가져도 될까요?"

　제연청이 손으로 가리킨 것은 네 자가량의 길이에 완만하게 휘어진 곡선을 가진 장검이라 섬나라 왜구들이 흔히 사용해서 왜놈들의 칼이라는 뜻으로 왜도(倭刀)라는 부르는 칼처럼 길쭉한 오초장검(烏肖長劍)이었다.

　예사롭지 않은 명품이었다.

설무백은 대답 대신 손을 내밀었다.

천막의 안쪽에 이쪽 끝과 저쪽 끝을 가로질러서 넓적한 판자를 세우고, 대충 이리저리 못을 박아서 만든 진열장을 향해 서였다.

거기 주렁주렁 매달린 다른 병기들 속에 섞여 있던 오초장검 하나가 두둥실 날아와서 그의 수중으로 들어왔다.

주변의 이목이 그에게 집중되었다.

일 장이나 떨어진 오초장검을 아무렇지도 않게 잡아당기는 허공섭물을 펼치는 고수는 강호 무림의 그 어디에도 흔치 않았다.

"음."

설무백은 주변의 이목에 전혀 신경 쓰지 않고 그저 가만히 고개를 끄덕였다.

첫눈에 제연청이 선택한 오초장검이 절대 흔히 볼 수 없는 물건임을 알아보긴 했으나, 막상 손으로 잡아 보니 이건 그보다 더한 느낌을 주는 명품이라 다른 생각을 못했다.

오초장검이 부르르 떠는 것으로 자신의 존재감을 그에게 알리고 있었다.

싫다는 거부의 몸짓이 아니라 좋아서 반기는 듯한 느낌이었다.

자신의 감정을 드러내는 물건, 낭왕 이서문의 환검 백아나 사마천조가 아버지의 유지를 받아서 대를 이어 만든 전설의 암기, 비환처럼 희대의 무가지보인 것이다.

그때 설무백의 반응을 보고 복면의 구멍으로 드러난 눈빛이 예리하게 변한 천막의 상인이 물었다.

"살 거요?"

설무백은 수중의 오초장검을 상인에게 들어 보였다. 당연히 사려고 가격을 물어보려는데, 어느새 곁으로 다가선 대력귀가 그의 손을 지그시 눌러서 오초장검을 내리게 만들며 말했다.

"서두를 필요 없어요. 이 정도 칼은 저쪽에도 많은 것 같으니, 조금 더 둘러보고 결정해도 늦지 않아요."

설무백은 도대체 이게 무슨 소린가 하고 멍해져서 대력귀를 쳐다보는데, 상인이 그녀를 비웃었다.

"이미 늦은 것 같구려, 소저. 그 사람은 이미 그 물건에 홀려서 다른 생각이 없는 것 같은데, 이제 와서 무슨 그런 되지도 않는 수작을 부리려는 거요. 그러지 말고 그냥 까놓고 흥정이나 하시오."

설무백은 상인의 말을 듣고 나서야 자신의 실수를 깨달았다.

대력귀는 정말로 오초장검을 사지 말라는 것이 아니었다.

그가 상인 앞에서 너무나도 노골적으로 사고 싶다는 욕심을 드러내자 자제를 시키려던 것이었다.

흑점의 야시는 상황에 따라 부르는 것이 값으로 정해지는 장터이고, 그녀는 그것을 누구보다도 익히 잘 알고 있었던 것이다.

하지만 이미 늦어 버렸다.

상인은 보통내기가 아니었다.

영악하게도 설무백의 속내는 물론, 그녀의 가식도 첫눈에 파악해 버린 것이다.

설무백은 내심 실소를 흘리며 대력귀를 보았다.

대력귀가 아무렇지 않은 표정으로 협상에 나섰다.

"얼마에 팔 생각이에요?"

상인이 손을 내밀어서 설무백의 손에 들린 오초장검을 가져가며 심드렁하게 대꾸했다.

"지금 소저 귀에는 씨알도 안 먹힐 테지만, 본디 이놈은 파는 물건이 아니오. 내력이 있는 물건이라서 말이오. 우리 집안 대대로 내려오는 가보(家寶)거든."

대력귀가 어련하겠냐는 듯 말을 비꼬았다.

"쓰레기 사이에 걸어 두고 팔려는 물건이 한순간에 가보로 둔갑하는군요."

상인이 태연하게 말을 대꾸했다.

"호객을 위해서 그리하는 거요. 일종의 미끼로. 이 녀석을 알아보고 사려는 자들은 내가 이놈의 가치를 아는지 모르는지 감을 잡을 수 없으니까 다른 싼 물건을 사면서 함께 사려는 가식을 떨거든. 그럼 나는 이 녀석만 빼고 파는 거지. 흐흐흐……!"

대력귀는 한 방 맞은 눈빛이 되었다.

상인은 거짓말을 하는 것으로 보이지 않았다.

그저 상술에서 그녀는 상인의 상대가 되지 않았던 것이다.

대력귀가 그것을 깨달으며 어쩔 수 없이 있는 그대로 솔직하게 나갔다.

"그래서 팔겠다는 거예요, 안 팔겠다는 거예요?"

"내가 상술까지 알려 줘 놓고 안 팔겠소? 팔 거요. 가격만 맞으면."

"얼마예요?"

상인이 음충맞은 웃음을 그치며 냉정한 눈초리로 돌아가서 말없이 손가락 하나를 내밀어 보였다.

대력귀가 미심쩍은 눈초리를 보이며 고개를 갸웃했다.

"백 냥?"

상인이 코웃음을 쳤다.

"지금 나랑 말장난하자는 거요?"

대력귀의 눈이 커졌다.

"설마 천 냥?"

"황금으로!"

상인이 잘라 말했다.

"그 밑으로는 죽어도 팔지 않소!"

"지금 누가 누굴 보고 말장난을 한다고……!"

대력귀가 분노가 치미는 듯 소매를 걷어붙였다.

"야, 이 도둑놈아! 야, 날강도야! 너야말로 지금 나랑 장난 치냐!"

그녀는 여기가 흑점의 야시라는 것도 잊은 듯 당장이라도 주먹으로 상인을 한 대 갈길 태세였다.

상인이 그러거나 말거나 전혀 기죽지 않은 태도로 악을 쓰며 파리를 쫓듯 손을 휘휘 저었다.

"관둬! 안 팔아! 꺼져! 물건의 가치도 모르는 계집이 어디서 시건방지게 지랄이야, 지랄은!"

"뭐, 뭐라고?"

대력귀의 두 눈에서 새파란 불똥이 튀었다.

이번에는 상인도 적잖게 겁을 먹은 표정으로 마른침을 삼켰다.

강한 줄은 알았지만, 이 정도로 무시무시하게 강한 줄은 미처 예상하지 못한 것 같았다.

꼼짝도 하지 못하고 가만히 있다가 뒤늦게 말을 더듬었다.

"여, 여기 흑점의 야시다. 너!"

대력귀가 이 소리를 듣고 정신이 돌아와서 멈칫했다.

그 순간에 설무백이 나서서 그녀의 어깨를 잡아당겨서 뒤로 물리며 앞으로 나서서 상인에게 말했다.

"그 물건을 살 사람은 나요."

상인이 조금 기죽은 눈치긴 해도 여전히 적잖게 뻣뻣한 자세를 고수하며 설무백을 바라보았다.

"협상은 없소! 황금 천 냥에서 한 푼이라도 깎으면 안 팔 거요!"

설무백은 슬쩍 고개를 돌려서 양쪽 어깨에 세 개씩 여섯 개의 철궤를 짊어진 채 장승처럼 서 있는 위지건을 보았다.

위지건이 멀거니 그의 시선을 마주하며 눈을 끔뻑였다.

공야무륵이 그런 위지건의 뒤통수를 한 대 치고는 철궤하나를 내려서 상인 앞에 놓고 뚜껑을 열었다.

천막을 가로질러 매단 줄에 주렁주렁 걸린 등불 아래서 철궤 안의 물건이 휘황한 광체를 발했다.

금원보(金圓寶)였다.

철궤 안에는 배 모양으로 생긴 열 냥짜리 금덩어리인 금원보가 차곡차곡 쌓여 있었다.

설무백이 오늘을 위해서 제갈명을 통해 야명주를 금원보로 바꾸어 놓은 것이다.

금빛을 보고 오가던 사람들의 발걸음이 멈추었다.

멀리서도 사람들이 몰려들고 있었다.

설무백은 철궤의 뚜껑을 닫고 상인을 향해 손을 내밀었다.

"천 냥이오."

금빛의 마력, 황금이 주는 위압감에 넋을 놓고 있던 상인이 뒤늦게 정신을 차리며 수중의 오초장검을 설무백에게 건네고 서둘러 철궤를 챙겼다.

설무백은 상인에게 받은 오초장검을 제연청에게 건네주었다.

제연청이 철궤 속의 금원보를 본 상인만큼이나 넋이 나간 표정으로 그가 건네는 오초장검을 두 손으로 받아 들었다.

단순히 가지고 싶은 물건을 가져서 기뻐하는 사람의 태도가 아니었다.

그야말로 감격에 겨워하는 태도였다.

설무백은 그런 그의 모습을 보고서야 깨달으며 물었다.

"그렇군. 이미 알고 있는 물건이었어. 그런가?"

제연청이 그제야 정신을 차린 듯 설무백을 향해 고개를 숙이며 대답했다.

"예, 그렇습니다. 정말 신기하네요. 이건……!"

"나중에 듣기로 하지."

설무백은 급히 제연청의 말을 잘랐다.

제연청은 어느 정도 정신을 차린 것 같기는 하나, 여전히 꿈을 꾸고 있는 것처럼 몽롱한 눈빛이었다.

그런 그의 입에서 무슨 말이 나올지 몰랐다.

그때 대력귀가 그의 어깨를 톡톡 두드렸다.

설무백이 시선을 주자, 그녀가 주변을 둘러보았다.

설무백은 그제야 알았다.

적잖은 사람들이 몰려들어 있었다.

황금의 빛에 홀려서 모여든 사람이었다.

개중에는 은근슬쩍 그의 소매나 어깨를 건드리며 시선을 유도해서 호객을 하는 사람들도 있었다.

보통의 저잣거리에서와 달리 은밀한 눈빛과 나직한 목소리로 유혹하는 호객이었다.

설무백은 그와 같은 주변의 모든 유혹을 뿌리치며 오초장검을 팔고나서 주섬주섬 철수를 준비하는 상인을 향해 말했다.

"돈을 좀 더 벌고 싶지 않소?"

상인이 쳐다보지도 않고 짐을 꾸리며 거절했다.

"아니, 되었소. 내가 다른 건 몰라도 과욕은 금물이라는 것은 아오. 벌만큼 벌었으니 더는 욕심내지 않겠소."

설무백은 상관하지 않고 한마디 더했다.

"귀하가 판 물건과 같은 가격의 물건을 다섯 개 정도 더 구하려고 하오. 적당한 물건을 구할 수 있게 도와준다면 거기 들어가는 금액의 일 할을 귀하에게 주겠소."

짐을 꾸리던 상인의 손길이 멈추었다.

이내 고개를 든 그가 설무백을 뚫어지게 바라보며 물었다.

"직접 돌아보면 되는데, 돈 아깝게 왜 그런 짓을 하오?"

설무백은 대수롭지 않게 어깨를 으쓱했다.

"일단은 시간을 단축하려는 거라고 해 둡시다."

"이단도 있다는 거요?"

"그거야 내 사정이니 귀하가 관여할 바가 아니고, 어떻소? 할 거요, 말 거요?"

상인이 매우 고민스러운 듯 잠시 심사숙고하는 표정으로 망설이다가 불쑥 물었다.

"주변에 사람들이 이리도 많은데, 왜 하필 그걸 내게 부탁하는 거요?"

설무백은 대수롭지 않게 대꾸했다.

"사람은 많아도 물건을 제대로 볼 수 있는 눈을 가진 사람은 그리 많지 않소."

"나는 믿을 수 있다는 거요?"

"당신을 믿는 것이 아니라, 당신의 눈을 믿는 거요."

상인이 웃었다.

복면에 가려진 얼굴이 웃고 있다고 그의 눈빛이 말해 주고 있었다.

그가 말했다.

"아무리 그래도 너무 쉽게 믿는 거 아니오? 귀하가 나를 언제 봤다고?"

설무백은 슬쩍 손을 내밀어서 나무로 만든 탁자에 진열한 병기 중 하나인 칼의 서슬을 가만히 잡으며 말했다.

"누군가를 평가하는 것은 경우에 따라서 그리 오랜 시간이 걸리지 않을 수도 있소. 하물며 나는 언제 어느 때라도 내가 결정한 것에 대한 책임은 질 수 있다는 각오가 되어 있는 사람이라서 선택이 빠른 편이오."

상인이 대답을 못하고 마른침을 꿀꺽 삼켰다.

급격히 커진 그의 두 눈은 설무백의 얼굴이 아니라 손에 고정되어 있었다.

별다른 기운이나 힘이 들어간 것으로 보이진 않으나, 지금 설무백의 손에 잡힌 칼의 서슬이 촛농처럼 녹아서 뚝뚝 떨어지고 있었다.

상인이 한껏 경직된 눈초리로 설무백을 바라보다가 이내 벌떡 자리에서 일어나더니, 금원보가 담긴 철궤를 어깨에 짊어지며 천막을 벗어났다.

"따라오시오."

설무백은 묵묵히 상인의 뒤를 따라갔다.

원래는 그의 지시에 따라 사방으로 흩어지려던 일행이 그 뒤에 붙었다.

상인은 그런 설무백 등을 꼬리에 매단 채 발걸음을 재촉해서 도착한 곳은 밤하늘 높이 매달린 네 개의 붉은 달이 구회하는 흑점의 야시가 끝나는 지점이었다.

천막군이 끝나고 줄줄이 이어지던 좌판마저 사라진 자리에 불쑥 서너 개의 천막을 연결한 것처럼 거대한 천막 하나가 나타났다.

검은 색 방립을 깊이 눌러쓰고, 검은 천으로 하관을 가린 건장한 두 사내가 입구를 지키는 팔각형의 천막이었다.

상인이 누런 이를 드러내고 웃으며 느닷없이 눈앞에 나타난 천막을 소개했다.

"흑점의 사자들이 야시가 끝날 때까지 거하는 장소요. 나 같이 힘없는 늙은이가 공교롭게도 귀하 같은 사람을 만나서 쓸데없이 움직여야 할 때 가지고 있는 귀중품을 안전하게 보관해 준다오."

설무백은 이채로운 눈빛으로 천막을 바라보며 고개를 끄덕였다. 그런 그의 표정은 놀람이나 당황과도 다르고, 의문이나 신기함과도 다른 기묘한 감정을 담고 있었다.

그 상태로 그는 상인이 들을 수 없는 혼잣말로 중얼거렸다.

"역시 진법(陣法)이었군."

위치를 가늠해 보면 하늘 높이 매달린 네 개의 붉은 달이 구획하는 흑점의 야시를 벗어나기 직전이었다.

상황을 직시해 보면 미세하게 불던 바람이 갑자기 훅 거세져서 눈을 감게 만들고, 눈을 뜨자 주변의 모든 등불이 순간 동시에 꺼졌다가 다시 켜진 것처럼 사위의 어둠이 한결 더 짙어지는 착시를 일으켰다.

그리고 시야가 회복되자 눈앞에 홀연히 거대한 천막이 나타나 있었다.

분명 진법이었다.

병진(兵陣)이라고 부르는 것과는 다른 진법.

눈에 보이는 것을 눈에 보이지 않게 하고, 눈에 보이지 않는 것을 눈에 보이게 해서 없는 것을 있는 것처럼, 있는 것을 없는 것처럼 위장하는 수법.

정해진 공간의 방위를 각기 사문(死門)과 생문(生門), 귀문(鬼門)을 나누어서 사람의 시야를 홀리는 기문진법(奇門陣法)이었다.

설무백이 내심 그 같은 결론을 내리며 득의하고 만족하는 사이, 천막을 지키던 두 사내에게 인사를 건넨 상인이 천막의 문으로 들어가며 채근했다.

"흑점의 사자가 불필요한 시비를 일으키지 않는다는 것은 아실 거요. 그러니 다른 걱정 마시고, 대표로 한 분만 들어오시오. 상황은 알려하니까 말이오."

눈앞의 두 사내가 흑점의 사자라는 것은 굳이 상인의 설명이 없어도 누구나 다 알 수 있을 터였다.

방립을 깊이 눌러쓴 그들의 하관을 가린 검은 천에는 백색의 해골이 그려져 있기 때문이다.

하물며 천막 주변에는 그들만이 아니라 얼추 십여 명에 달하는 사람의 기척이 천막 주변에 깔려 있었고, 빠른 속도로 다가서는 인기척도 적지 않았다.

적어도 천막이 흑점의 사자들이 야시가 끝날 때까지 거하는 장소라는 상인의 말은 사실이라는 방증이었다.

설무백은 그런 주변의 변화에 개의치 않고 공야무륵 등을 남겨 둔 채 상인의 뒤를 따라서 천막의 내부로 들어갔다.

통으로 하나의 공간인 천막의 내부는 여느 저택의 대청처럼 벽을 따라 각종 집기가 놓여 있었으며, 중앙에는 향로와 다탁도 마련되어 있었다.

다만 이채롭게도 사람의 모습이 보이지 않았다.

그렇다고 사람이 없는 것은 아니었다.

암중에 도사린 두 개의 기척이 있었다.

상당한 경지의 은신술이었다.

혈영 등과 비교해도 절대 꿀리지 않을 수준이었다.

'역시 세상은 넓고 고수는 많군.'

설무백이 내심 감탄하는 참에, 상인은 허전한 주변의 상황에 아랑곳하지 않고 어깨에 짊어진 철궤를 한쪽 바닥에 내려놓고 다탁에 앉아 의미심장한 눈빛으로 설무백을 바라보았다.

설무백은 그제야 확실히 알았다.

지금 그의 눈앞에 있는 상인은 역시나 보통의 인물이 아니었다.

야시에서 흥정할 때와 달리 고요하게 가라앉은 상인이 눈빛이 말해 주고 있었다.

아니나 다를까, 상인이 태연하게 손을 내밀어서 탁자의 맞은편 자리를 권하며 말했다.

"얼추 짐작하고 따라 들어왔으면서 뭘 그리 이상하게 쳐다보시오. 일단 앉으시오. 이러는 것이 좋을지 저러는 것이 좋을지 어디 한번 얘기해 봅시다."

설무백은 태연하게 상인이 권하는 자리에 앉으며 솔직하게 대꾸했다.

"얼추 짐작하고 있을 뿐, 사정을 다 알지 못하니 조심하는 거요. 하물며 귀하가 여기 야시의 수장일 줄은 미처 예상하지 못했소. 정말 놀랍소."

상인이 손사래를 쳤다.

"너무 그리 놀랄 것 없소. 이번 야시는 누구 한 사람이 관리하는 것이 아니니 말이오. 칠석에 벌어지는 흑점의 야시가 매우 특별한 의미를 가지고 있다는 것쯤은 귀하도 이미 아실 것 아니오. 모르긴 해도, 이번 야시에는 나도 모르는 나와 같은 사람이 적어도 열은 넘을 것이오."

설무백은 내심 흑점의 철저함이라면 정말 그럴 수 있겠다고 생각하며 거두절미하고 물었다.

"하면, 나를 이 자리로 부른 목적이 뭐요?"

상인이 자못 의미심장한 눈빛으로 그의 시선을 마주하며 대답했다.

"내 질문을 가로채시는구려. 나 역시 귀하에게 그걸 물어보려고 했던 거요. 귀하는 오늘 무슨 이유로 흑점의 야시를 방문한 것이오?"

설무백은 무심하게 대꾸했다.

"이미 알고 있지 않소?"

"명품에 해당하는 병기를 구입하려 한다?"

"바로 그거요."

"내 눈에는 전혀 그리 보이지 않소."

상인이 삐딱하게 설무백을 보았으나, 설무백은 태연하게 어깨를 으쓱했다.

"하면, 내가 무슨 이유로 흑점의 야시를 찾아왔다는 거요?"

"그걸 모르겠으니 묻는 거 아니겠소."

설무백은 픽 웃고는 말투를 바꾸어서 말했다.

"결국 나는 안다는 소리군."

상인이 잠시 여유를 두었다가 대답했다.

"여기에 장을 여는 마당에 어찌 귀하를 모를 수 있겠소."

"하긴……."

설무백은 수긍하는 태도로 대수롭지 않게 복면을 벗고 얼굴을 드러내며 웃었다.

"흑점이 고작 그 정도의 단체라면 이렇게 찾아오지도 않았지."

상인이 흠칫 놀랐다.

아무리 그래도 설무백이 복면을 벗고 본색을 드러낼 줄은 미처 몰랐던 것 같은데, 하물며 눈처럼 그의 하얀 백발머리를 보고는 적잖게 당황한 기색이었다.

이는 그가 설무백을 알고 있다는 또 하나의 방증이기도 했는데, 이내 감정을 추스른 그가 말했다.

"과연 다른 꿍꿍이가 있다는 소리구려."

설무백은 태연하게 대답했다.

"쓸 만한 무기를 구하러 온 것도 사실이야. 다만 겸사겸사 흑점에도 용무가 있긴 해."

상인이 매서운 어조로 물었다.

"무슨 용무요?"

설무백은 시큰둥하게 대꾸했다.

"우선 당신 정체부터 밝혀야지. 정말 시답지 않은 인물이라면 용무를 밝힐 가치가 없으니까."

상인이 싸늘하게 변한 기색으로 경고했다.

"귀하를 무시할 마음은 없으나, 그렇다고 두려워하는 것도 아니요. 여차하면 귀하는 물론, 밖에 있는 귀하의 수하들이 크게 낭패를 당할 테니, 언행을 조심하길 바라오."

설무백은 입가에 미소를 드리웠다. 그리고 보란 듯이 거만하게 팔짱을 끼고 의자에 등을 기대며 말했다.

"나를 안다는 사람이 나를 전혀 모르는 것처럼 말하고 있네. 우리 내기할래? 당신은 당신이 집결시킨 흑점의 사자들에게 명령을 내리고 나는 내 동료들에게 명령을 내려서 누구 먼저 상대를 처치하고 이 안으로 들어올 수 있는지?"

그는 입가의 미소를 한결 짙게 드리우며 덧붙였다.

"물론 그때까지 당신이 살아 있을지는 모르겠지만 말이야."

상인이 마치 진위를 파악하려는 듯 뚫어지게 설무백의 눈을 응시했다.

하지만 설무백의 눈빛은 마냥 깊고 그윽하며 무심해서 다른 누군가가 그 속에 담긴 생각을 읽어 낸다는 것은 정말 가당치 않은 일이었다.

상인이 이내 포기하고 싸늘하게 물었다.

"진정 흑점과 척을 지겠다는 것이오?"

설무백은 냉정하게 대꾸했다.

"말귀가 어둡네? 내가 당신의 정체부터 밝히라고 하지 않았나?"

상인이 잠시 난감한 눈빛을 드러내다가 이내 머리에 뒤집어쓴 복면을 벗었다.

육십 대의 노인 얼굴이 드러났다.

반백의 머리카락에 이마는 넓고 눈매는 가늘게 좌우로 찢어진데다가 끝이 치솟았으며, 밋밋한 광대와 뾰족한 콧날, 선이 흐린 작은 입술 아래 갸름한 턱을 가져서 전체적으로 사나운 인상의 중늙은이였다.

설무백은 그 얼굴을 보고 솔직하게 말했다.

"혹시나 했는데, 낯선 얼굴이군."

상인, 육십 대로 보이긴 하나, 느낌은 그보다 더 노회한 것 같은 중늙은이가 설무백의 반응에 미온한 미소를 드리우며 자신을 소개했다.

"본인은 흑점의 오대관사(五大官事) 중 서방(西方)을 관리하는 신(申) 아무개라고 하오."

설무백은 실로 이채로운 눈빛으로 변해서 자신을 흑점의 서방을 관리하는 신 아무개라고 소개한 상인을 바라보았다.

보통내기가 아니라고 생각은 했지만, 이건 정말 생각지도 못한 거물이었다.

오대관사는 흑점에서 사신(四神)으로 불리는 네 명의 공동주인을 가장 측근에서 보좌하는 흑점의 실세들인데, 상인은 그중의 하나로, 중원의 서쪽 지역을 총괄하는 서방관사(西方官事)인 것이다.

설무백은 절로 기꺼운 마음을 드러냈다.

"내가 오늘 재수가 좋군."

"그거야 조금 더 두고 봐야겠지요."

신 아무개라고 자신을 소개한 흑점의 서방관사가 어디까지나 냉정하게 말을 자르고는 재우쳐 물었다.

"자, 이제 말해 보시오. 나는 귀하의 요구대로 정체를 밝혔고, 귀하의 생각대로 오늘 흑점을 방문한 용무를 밝힐 가치가 없는 인물은 아니니 말이오."

설무백은 당연히 인정한다는 기색으로 미소를 드러내며 말했다.

"내가 오늘 여기에 와서 군이 귀하 같은 흑점의 요인을 만나고자 한 것은 흑점의 주인들에게 부탁할 것이 있어서야."

서방관사는 설무백의 입에서 흑점의 주인들이라는 말이 나오자 싸늘한 기색을 드높이며 움찔했으나, 애써 분노한 기색을 억누르고 다음 말을 종용했다.

"말해 보시오."

설무백은 섣부르지 않은 서방관사의 태도를 가상하게 바라보며 진중하게 말했다.

"내가 부탁할 것은 두 가지야. 첫째, 오늘 이후로 흑점의 야시를 무기한 포기할 것. 둘째, 언제라도 좋으니 최대한 빠른 시일 내에 나를 찾아올 것."

그는 말미에 미소를 드리우며 물었다.

"전해 줄 수 있지?"

서방관사가 잠시 침묵한 채 설무백을 바라보았다.

애서 분노를 억누르곤 있지만, 같잖은 언행이 거슬려서 불쾌해 죽겠다는 눈빛이었다.

이윽고, 그가 감정을 추스른 듯 차분하게 대답했다.

"귀하의 부탁은 거절하겠소. 귀하가 아무리 난주의 주인이며 강호 무림의 내로라하는 고수인 흑포사신이라고 해도 그건 절대 가당치 않은 일이오. 귀하의 말을 전했다가는 그분들의 분노가 귀하에게 전해지기 전에 내 목이 먼저 떨어질 텐데, 어찌 내가 귀하의 부탁을 들어줄 수 있겠소. 그리고!"

문득 말미의 목소리에 힘을 준 서방관사는 이 정도면 참을 만큼은 참고 예의를 다했다고 생각했는지 노골적인 분노와 살기를 드러내며 싸늘한 경고를 덧붙였다.

"충고하는데, 능력이 받쳐 주지 않는 소신과 패기는 천둥벌거숭이의 객기에 불과할 뿐이오! 흑점은 감히 구대 문파조차 함부로 하지 못한다는 사실을 명심하시오!"

설무백은 더 없이 치열한 살기로 가없는 분노를 드러내는 서방관사의 시위에도 불구하고 태연하게 웃으며 말했다.

"그건 구대 문파니까 그렇지. 나는 구대 문파가 아니잖아."

서방관사가 한 방 맞은 표정으로 굳어졌다.

'도대체 이놈은 뭐지' 하며 황당해하는 표정이었다.

설무백은 그런 서방관사를 한순간 거짓말처럼 싸늘해진 기색, 새파랗게 빛나는 두 눈으로 바라보며 말했다.

"그리고 당신의 충고는 그대로 당신에게 돌려주겠어. 기만할 것이 없어서 자기 자신을 기만하나? 지금 그리 화를 내면서도 정작 손을 쓰지 않는 것은 내가 두려워서잖아? 안 그래?"

서방관사의 눈가에서 파르르 경련이 일어났다.

두 주먹을 강하게 움켜쥔 그의 전신은 북풍한설에 노출된 사시나무처럼 부들부들 떨리고 있었다.

심중에서 들끓은 분노가 용암처럼 비등해서 전신을 장악해 버린 모습이었다.

그러나 그럼에도 불구하고 그는 선뜻 손을 쓰거나 행동에 나서지 못했다.

설무백의 말이 옳았다.

서방관사는 지금 설무백이 두려웠다.

처음에는 몰랐는데, 지금의 그는 확실히 알 수 있었다.

지금 그가 마주한 설무백은 언제든지 마음만 먹으면 자신의 육신을 뼈째 아작아작 씹어 먹어 버릴 수 있는 야수와 같았다.

온몸을 거미줄처럼 휘어 감는 압도적인 살기가 그에게 그것을 일깨워 주었다.

언감생심 반항은커녕 손가락 하나도 꼼짝할 수 없었다.

그때 설무백이 그런 서방관사를 향해 빙그레 웃으며 말했다.

"아무려나, 죽기 싫어서 그러는 거라면 죽지 않을 방법을 알려 주지. 그따위 개소리를 지껄인 것이 어떤 놈이냐고 물으면 이렇게 전하면 절대 죽을 일 없을 거야."

그는 손가락으로 웃는 자신의 얼굴을 가리키며 말을 덧붙였다.

"야신의 제자라고!"

다음 권으로 이어집니다

꿈의 도약, 로크에서 하십시오
(주)로크미디어에서 신인 작가를 모십니다

즐거운 세상, 로크미디어는 꿈을 사랑하고 도전을 두려워하지 않는 작가 분들의 참신한 작품을 기다리고 있습니다. 21세기 장르 문학계를 이끌어 갈 차세대 선두 주자 (주)로크미디어에서 여러분의 나래를 활짝 펴 보시길 바랍니다.

모집 분야 판타지와 무협을 포함한 장르 문학
모집 대상 아마추어 작가, 인터넷 작가
모집 기한 수시 모집
작품 접수 시 유의 사항
1. 파일명은 작가명_작품명.hwp형식을 갖춰 주십시오.
1. 파일에 들어갈 내용은 다음과 같습니다.
   — 성명(필명인 경우 실명을 밝혀 주세요), 연락처, 이메일 주소
   — 제목, 기획 의도
   — A4용지 1장 분량의 등장인물 소개
   — A4용지 2장 분량의 전체 줄거리
   — 본문
1. 작품이 인터넷에 연재되고 있다면, 게시판명과 사이트의 구체적이고 정확한 주소를 기재해 주십시오.

선택된 작품은 정식 계약 후 출판물로 간행되어 전국 서점에 유통됩니다.
작가 분은 (주)로크미디어의 전폭적인 지원하에 전속 작가로 활동하시게 됩니다.
※ 자세한 내용은 로크미디어 홈페이지(rokmedia.com)를 참조하세요.

(03920)서울시 마포구 성암로 330 DMC첨단산업센터 3층 318호
(주)로크미디어 편집부 신간 기획 담당자 앞
전화 : 02) 3273-5135
www.rokmedia.com   이메일 : rokmedia@empas.com

활 써클 대마법사

한시웅 퓨전 판타지 장편소설

거침없는 팩트 폭격으로
드래곤조차 눈치 보게 만드는
극강의 꼰대! 아니, 최강의 궁신이 나타났다!

유일하게 '신'이라 불리는 무인, 궁신 하철혁
자격을 시험받다 우화등선에 실패해
새로운 세상에서 눈을 뜨는데……

내공이 한 줌도 없다?

제로부터 시작하는 이세계 생활에 놀람도 잠시
처음으로 아버지라 느낀 존재가 살해당하고
그 뒤에 모종의 음모가 있음을 알게 되는데!

이세계에서도 궁신의 신화는 계속된다!
군필도 두 손 두 발 드는 FM 정신으로
안 되는 것도 되게 하라!

기어코 무대로

공원동 현대 판타지 장편소설

"관심을 받으면 집중이 잘돼요."
사상 최강의 관종(?) 싱어송라이터가 나타났다!

데뷔 직전 사고로 인해 모든 것을 포기한 도원경
삼 년 뒤, 그에게 기적이 일어났다?

사람들의 시선을 받으면 능력이 발현!

너튜브 영상이 대박 나고
서바이벌 오디션 출연 제의까지?

도원경 사전에 더 이상 포기는 없다!
좌절을 딛고, 『기어코 무대로』!